CREEPY
CONTOS CLÁSSICOS DE TERROR

DEVIR

EDITORIAL
DIRETOR EDITORIAL: *Rui A. Santos*
COORDENADOR EDITORIAL: *Paulo Roberto Silva Jr.*
EDITOR SÊNIOR: *Leandro Luigi Del Manto*
EDITOR-ASSISTENTE: *Marcelo Salomão*
TRADUTOR E REVISOR: *Marquito Maia*
LETRISTA: *Bruno Ricardo*

ATENDIMENTO
ASSESSORIA DE IMPRENSA: *Maria Luzia Kamen Candalaft*
(imprensa@devir.com.br)
SAC: sac@devir.com.br

RUA TEODURETO SOUTO, 624 - CAMBUCI
CEP: 01539-000 - SÃO PAULO - SP
FONE: (11) 2127-8787

CREEPY: CONTOS CLÁSSICOS DE TERROR VOLUME 2
© 1964, 1965, 2008, 2018 New Comic Company LLC. Todos os direitos reservados. Todos os personagens apresentados nesta obra, assim como suas semelhanças, são marcas registradas de New Comic Company. É proibida a reprodução total ou parcial do conteúdo desta obra, por quaisquer meios existentes ou que venham a ser criados no futuro, sem a autorização prévia por escrito dos editores, exceto para fins de divulgação. Os nomes, personagens, lugares e incidentes apresentados nesta publicação são inteiramente fictícios. Qualquer semelhança com pessoas reais (mortas, vivas ou mortas-vivas), eventos, instituições ou locais, exceto para fins satíricos, é coincidência. Dark Horse Comics® e o logotipo Dark Horse são marcas registradas da Dark Horse Comics, Inc. Todos os direitos para a língua portuguesa reservados à DEVIR Livraria Ltda.

Publicado originalmente em *Creepy Archives Vol. Two*.

1ª reimpressão: Abril de 2018

ISBN: 978-85-7532-562-9

Dados Internacionais de Catalogação na Publicação (CIP)
(Câmara Brasileira do Livro, SP, Brasil)

Creepy : Contos Clássicos de Terror Volume 2 / [tradução Marquito Maia]. -- São Paulo : Devir, 2018.

Título original: Creepy Archives, Vol. Two
Vários autores. Vários ilustradores.

ISBN 978-85-7532-562-9
1. Histórias em quadrinhos.

13-10156   CDD-741.5

Índices para catálogo sistemático:
1. Histórias em quadrinhos 741.5

CONTOS CLÁSSICOS DE TERROR

Apresentando os talentos de:

Archie Goodwin
Roy Krenkel
Anne T. Murphy
Larry Ivie
Bill Pearson
Eando Binder
Larry Engleheart
Russ Jones
Maurice Whitman
Ron Parker
Arnold Bojorquez
(ESCRITORES)

Reed Crandall
Frank Frazetta
Roy Krenkel
Al McWilliams
Gray Morrow
Joe Orlando
John Severin
Angelo Torres
Alex Toth
Al Williamson
Ben Oda
Bernie Wrightson
Roberto Oqueli
Gene Colan
Jay Taycee
George Tuska
George Evans
Manny Stallman
Wallace Wood
Dan Adkins
Steve Ditko
Rocco Mastroserio
Frank Brunner
Ed Lahmann
Nicholas Cuti
(DESENHISTAS)

LEMBRANÇAS DA WARREN

UMA VISÃO PESSOAL DAS PRIMEIRAS REVISTAS EM QUADRINHOS DA WARREN
por Roy Thomas

Posso confessar uma coisa?

Nunca fui muito fã da EC.

Se isso não parece ser muito relevante para esta introdução de uma edição de luxo que reimprime os números 6 a 10 da *Creepy*, a revista em quadrinhos em preto e branco da Warren Publications... bem, eu acho que estou retomando um tema iniciado pelo meu colega Jon B. Cooke no primeiro volume desta coleção, onde ele enalteceu as glórias da Entertaining Comics de Bill Gaines.

Por ter nascido no final de 1940, eu estava no início da minha adolescência durante o apogeu das revistas em quadrinhos de terror dos anos 1950... e, ao contrário do típico adolescente, nunca renunciei ao meu amor pelas revistas em quadrinhos enquanto conhecia garotas e os primeiros filmes de ficção científica. Curiosamente, eu gostava de *filmes* de terror como *O Monstro do Ártico* (The Thing from Another World, 1951) e todas aquelas fitas de monstros inspiradas pelo relançamento de *King Kong* em 1953... mas costumava me esquivar do seu parente colorido. De alguma forma, instintivamente, eu achava que aquelas imagens brilhantes na página impressa iriam me perturbar de um jeito que nenhum filme (exceto *O Monstro do Ártico*) jamais tinha feito. Portanto, eu evitava os quadrinhos de horror como se fosse a peste.

Só que... não totalmente.

Eu geralmente não *comprava* revistas em quadrinhos como *Tales from the Crypt* ou *Menace*... e só de vez em quando suas irmãs inferiores como *Adventures into the Unknown*... mas, frequentemente, eu pegava uma ou outra nas bancas e dava uma folheada rápida. Eu economizava boa parte dos meus centavos para os poucos super-heróis remanescentes, *Pogo*, e o esporádico título da Archie ou Disney... e para a *Mad*, a partir do número #4... mas não conseguia resistir ao que, mesmo naquela tenra idade, eu percebia que era superior em termos de arte e até texto. Sem nunca ter comprado um único exemplar de *Tales from the Crypt, Vault of Horror, Haunt of Fear, Shock SuspenStories, Crime SuspenStories*, ou mesmo *Weird Science* ou *Weird Fantasy* até a fusão das duas e o lançamento da série do Adam Link, eu ainda esmiuçava tantas revistas da EC nas bancas que, em meados dos anos 1960, quando me mudei para Nova York em busca de uma carreira profissional nos quadrinhos e conheci o fã das antigas da EC, Len Brown, fiquei intrigado ao descobrir que o meu novo amigo tinha uma coleção completa encadernada em couro de todas essas revistas em quadrinhos. Enquanto olhava para aqueles volumes em couro preto na sua prateleira, me peguei fazendo perguntas como: "Qual deles tem a história que é uma cópia de *O Monstro do Ártico*, só que com o monstro de Frankenstein?" e "Qual deles tem uma imitação de *Kukla, Fran and Ollie* (uma série americana antiga com fantoches, criada por Burr Tillstrom e transmitida de 1947 a 1957) com o crocodilo 'fantoche' que, na verdade, é um alienígena que domina o mundo?".

Obviamente, as revistas em quadrinhos da EC haviam deixado uma impressão subliminar em mim, todos aqueles anos antes.

E hoje? Hoje eu tenho o material reimpresso da EC praticamente em todas as formas em que as edições foram republicadas (e é um monte de coisa!). Em varias ocasiões, eu considerei Al Williamson como um amigo, discuti amigavelmente sobre política com Al Feldstein na Internet e, uma vez, dei a Harvey Kurtzman alguns conselhos a respeito de práticas sociossexuais em uma área em que eu era muito mais familiarizado do que ele para que ele pudesse utilizar isso em *Little Annie Fanny*.

E eu também comprei, recém-chegado às bancas em 1964, o primeiríssimo número da *Creepy*. Na época, aos 23 anos, eu não estava mais preocupado que revistas em quadrinhos de terror pudessem me causar pesadelos.

Embora eu tenha adorado a arte, fiquei decepcionado com algumas das histórias nos primeiros números, e disse isso no meu fanzine *Alter Ego*. Na verdade, quando vi os contos neste volume, me dei conta de que tinha perdido alguns deles na ocasião original, pois logo deixei de ser um assíduo comprador da

Creepy. Eu estava em conflito com a minha preocupação de que uma revitalização das revistas em quadrinhos de terror pudesse trazer de volta o horror da vida real da era Wertham e das fogueiras de revistas em quadrinhos, com as quais uma vez tive de contribuir pessoalmente, sob pressão da comunidade. Além disso, *Liga da Justiça da América* e *Quarteto Fantástico* eram mais a minha praia, mesmo antes de eu acabar trabalhando primeiro na DC, e depois para Stan Lee na Marvel.

Ainda assim, ao analisar o material neste volume, me convenci de que tinha perdido um monte de coisa muito boa... e, sim, talvez até algumas coisas *extraordinárias*.

Em primeiro lugar, quando Archie Goodwin assumiu as tarefas de roteirista e editor, a *Creepy* melhorou exponencialmente. Como meu (e do Archie) futuro bom amigo, o artista Gil Kane, eu também preferia um pouco mais de diálogos e recordatórios do que a *Creepy* geralmente oferecia, mas não havia e nem há a menor dúvida de que Archie era um mestre do seu ofício. Não, *ofícios*. Como escritor, ou até mais como editor, Archie teve poucos pares. Há alguns anos, ele foi escolhido como um dos escritores *e* um dos editores favoritos do século vinte, e ele mereceu os elogios. Eu e ele éramos amigos – não amigos íntimos, apenas amigos -, e senti uma grande perda quando ele faleceu, ainda muito novo, em 1995, apenas alguns meses depois que conversamos pela última vez no seu escritório da DC em Nova York.

Neste volume, Archie se revela um mestre em matéria de histórias originais... e adaptações (especialmente junto com Reed Crandall – embora eu desejasse que ele não tivesse caído na tentação de acrescentar uma página com uma reviravolta no final em "O Barril de Amontilado", que já era perfeito do jeito que Poe o escreveu e não precisava de um homem morto voltando à vida para obter vingança ao estilo EC). E a sequência em duas partes de *Drácula* do Archie tem exatamente o tom certo, contando até com o uso do nome "Varney", um vampiro da literatura barata Inglesa que antecedeu o romance de Bram Stoker por uma década ou três. Archie era um dos grandes... e a Era de Ouro da Warren poderia facilmente ser chamada de a Era Goodwin da Warren, na minha opinião.

As capas e a arte interna continuaram perfeitas, também... e, em muitos casos, mais do que perfeitas.
Os ex-pupilos da EC ainda tratavam com sentimentalismo nostálgico os conceitos de todas aquelas histórias fantásticas que eles tinham perdido durante o período entre 1954 e 1965, quando Al Williamson, Frank Frazetta, Angelo Torres, Joe Orlando, John Severin, Wally Wood e Reed Crandall não estavam desenhando *nada mais* do que as histórias em quadrinhos de terror do tipo que Al Feldstein tinha editado e muitas vezes escrito para a EC. Frank Frazetta estava aperfeiçoando o estilo que iria irromper em todas aquelas maravilhosas capas de brochuras... Joe Orlando estava ilustrando os contos de Otto (Eando) Binder do seu robô Adam Link, que tinha sido o suporte principal da mesclada *Weird Science-Fantasy* da EC (embora a versão de Joe do personagem Adam Link para a Warren não fosse igual à sua representação na revista da EC, por alguma razão incompreensível)... e Al Williamson desenhou uma história que se passa na Roma antiga em uma arena de gladiadores que lembrava um ou dois dos deliciosos trabalhos que ele tinha feito para a extinta revista *Valor* da EC.

Além disso, vários dos novos (e não-tão-novos) talentos que estavam aparecendo na *Creepy* davam sinais de estar em sintonia com eles.

Alex Toth, que provavelmente teria batido de frente com o controle rigoroso de Feldstein sobre a forma dos painéis e a narrativa do mesmo jeito que aconteceu com Bernie Krigstein antes...

Steve Ditko, tanto um mestre de histórias de terror como das façanhas super-heroicas do *Homem-Aranha* e do gênero cruzado em *Doutor Estranho,* dois personagens que ele estava abandonando na época em que começou a trabalhar para a Warren...

George Tuska, um dos melhores artistas que desenhava as edições da *Crime Does Not Pay* de Charles Biro uma década e meia antes, quando as revistas de crime eram muito populares...

Gene Colan, que emergiu do bando desenhando *Príncipe Namor* e *Homem de Ferro* para a Marvel, mas que mostrou que poderia se basear em todas aquelas histórias de terror que ele tinha desenhado para a Timely/Marvel no início dos anos 1950, com um estilo ilustrativo digno de nota...

Manny Stallman desenhou só uma história incluída neste volume, mas ele fez o diabo com seu traço, e mostrou porque muitos o consideram um artista muito subestimado na época...
E então havia esse tal de "Jay Taycee", que contribuiu com alguns contos de terror incluídos aqui. Ele tinha

um estilo mais simples e realista, mesmo assim parecia se encaixar perfeitamente entre todos os ex-pupilos da EC e seus sucessores. (E por que não? Acontece que o nome era só um disfarce para Johnny Craig, que tinha escrito, desenhado e até editado para a EC durante o primeiro período da editora!).

Até a *futura* geração de artistas das revistas em quadrinhos de terror esteve representada, à sua maneira. A seção de cartas da *Creepy* # 6 mostra uma carta de um jovem Frank Brunner. No final da década, ele, Bernie Wrightson, Jeff Jones, Bruce Jones, Michael Kaluta e mais alguns outros levariam o legado da EC – e, sim, da *Creepy*, também – em novas direções tanto nas revistas em quadrinhos de terror em preto e branco quanto nos "gibis de mistério" coloridos, que eram enteados da EC e da Warren aprovados pelo Código de Ética. É apenas um pequeno passo (e uma mudança do estilo único das histórias à la O. Henry para personagens regulares) de Graham "Macabro" Ingels para o *Monstro do Pântano* de Bernie (na época, Berni) Wrightson... de Jack Davis ou Wally Wood para o *Doutor Estranho* e o *Homem-Coisa* de Brunner... de Al Williamson para "Pellucidar" e o inflexível *Sombra* de Kaluta.

De certo modo, a *Creepy* na sua fase de 1964-67 foi uma ponte entre a EC e alguns dos melhores trabalhos que foram feitos nos quadrinhos desde então.

Mas a *Creepy* da Warren foi bem mais do que uma simples estação de parada, ou uma placa de sinalização apontando para o futuro.
No seu nível mais elevado – e as edições incluídas neste volume definitivamente representam um pouco desse nível –, a *Creepy* simbolizou um marco da arte e da história em quadrinhos.

Já estava mais do que na hora – e olha que *demorou* – para que este material fosse compilado em edições de luxo para ficar nas prateleiras entre os *EC Archives* e as reimpressões do melhor da DC, Marvel etc.

Sai da frente, Guardião da Cripta! Abram alas, Lanterna Verde e Homem-Aranha!

O titio Creepy é suficientemente competente para lidar com o melhor de vocês!

Roy Thomas é escritor de revistas em quadrinhos e frequentemente editor desde 1965. Ele provavelmente é mais conhecido como escritor/editor da primeira década das revistas em quadrinhos do *Conan* da Marvel, e como escritor de títulos da Marvel como *Os Vingadores*, *Os X-Men* etc. Ele é o autor de livros como *Stan Lee's Amazing Marvel Universe*, *Conan: The Ultimate Guide to the World's Most Savage Barbarian* e (com Peter Sanderson) *The Marvel Vault*. Ele também foi coroteirista dos filmes *Fogo e Gelo* (coproduzido por Frank Frazetta) e *Conan, o Destruidor* (com Arnold Schwarzenegger). Em 2007, ele adaptou vários clássicos da literatura para a série *Marvel Illustrated* e atualmente edita a *Alter Ego*, uma revista que conta a História dos quadrinhos, publicada pela TwoMorrows Publishing.

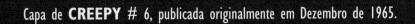

Capa de **CREEPY** # 6, publicada originalmente em Dezembro de 1965.

CREEPY

Nº 6

PUBLISHER: James Warren

EDITOR ORIGINAL: Archie Goodwin   **CAPA:** Frank Frazetta
ARTISTAS: Reed Crandall, Frank Frazetta, Roy Krenkel, Al McWilliams, Gray Morrow, Joe Orlando, John Severin, Angelo Torres, Alex Toth, Al Williamson

ÍNDICE

A COISA NO FOSSO
UM VIGARISTA SE METE NUMA VIAGEM QUE VIRA UM PESADELO..11

A FAVOR OU CONTRA
DIVERSÃO E JOGOS NA ROMA ANTIGA, MAS A TRAPAÇA ROLA SOLTA – E COMO!..20

OS NEGÓCIOS DE ADAM LINK
A MARAVILHA MECÂNICA MOSTRA QUE TEM A CABEÇA NO LUGAR, E QUASE A PERDE..................................26

O BARRIL DE AMONTILLADO
O CLÁSSICO APAVORANTE DE EDGAR ALLAN POE SOBRE VINHOS ANTIGOS E MORTE VINGATIVA..........................33

OS CAÇADORES
ALEX COLBY PROCURA UM PSIQUIATRA PARA RESOLVER UM PROBLEMA MONSTRUOSO..................................42

O ABOMINÁVEL HOMEM DAS NEVES
TERROR ARREPIANTE NAS MONTANHAS GELADAS DO HIMALAIA..48

GÁRGULA
AS ESTÁTUAS DE GERBA SÃO TÃO CHEIAS DE VIDA, MAS NUNCA EXISTIU NADA PARECIDO NO MUNDO – OU SERÁ QUE SIM?..54

A MALDIÇÃO DA MÚMIA? ORA, MUITOS ACHAM QUE ELAS NEM SEQUER PODEM FALAR! VAMOS ABRIR O SARCÓFAGO E JOGAR ALGUMA LUZ SOBRE ESSA *SINISTRA INFORMAÇÃO* GRAÇAS AOS...

CONHECIMENTOS TORPES DA CREEPY!

EM 1922, A TUMBA DE TUTANKHAMON FOI DESENTERRADA, NUM EPISÓDIO ASSINALADO POR UMA SÚBITA TEMPESTADE DE AREIA, DISSEMINANDO O PÂNICO ENTRE OS TRABALHADORES NATIVOS! SOBRE A TUMBA, UM FALCÃO, SÍMBOLO DA REALEZA EGÍPCIA, COMEÇOU A RODOPIAR...

APESAR DA MALDIÇÃO INSCRITA EM HIERÓGLIFOS ACIMA DA PORTA: "A MORTE VIRÁ EM ASAS VELOZES PARA QUEM PROFANAR ESTA TUMBA. ELE ADOECERÁ. ELE FICARÁ SEDENTO", LORDE CARNARVON ENTROU. ALGUMA COISA PICOU SUA BOCHECHA... PENSOU-SE QUE FOSSE UM MOSQUITO...

A PICADA ACABOU VIRANDO UMA INFECÇÃO, ATACANDO OS GÂNGLIOS LINFÁTICOS! A FEBRE SE MANIFESTOU... LORD CARNARVON MORREU SUPLICANDO POR ÁGUA, MAS SEM CONSEGUIR ENGOLIR UMA ÚNICA GOTA! MAIS DE 20 PESSOAS LIGADAS À TUMBA E AO SEU TESOURO TIVERAM MORTES BIZARRAS SIMILARES!

TEMENDO UMA MALDIÇÃO, A MÃO FOI JOGADA NA LAREIRA PARA SER DESTRUÍDA E, NA SEQUÊNCIA, UM ESTRANHO ESPECTRO SURGIU NAS CHAMAS E, ENTÃO, DESAPARECEU JUNTO COM A MÃO! SERÁ QUE ERA A PRINCESA? SÓ UMA *MÚMIA* SABE!

IGUALMENTE ESTRANHO FOI O CASO DA MÃO MUMIFICADA DA CUNHADA DO REI TUT, QUE SE TORNOU POSSE DO CONDE LOUIS HAMON... UM ANO DEPOIS, O OBJETO FICOU MACIO E FLEXÍVEL, E, EM SEGUIDA, REPENTINAMENTE, COMEÇOU A *SANGRAR!*

Arte de ROY G. KRENKEL

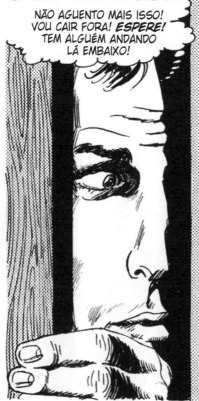

ESTA PLANTA COME MESMO INSETOS E PEDAÇOS DE CARNE!

PAPA-MOSCAS DE VÊNUS

$ 1.00 PELA PLANTA CASEIRA MAIS INSÓLITA DO MUNDO!

UMA LINDA PLANTA! A PAPA-MOSCAS DE VÊNUS é excepcionalmente bela! Ela revela adoráveis flores brancas com hastes de 30cm. Suas folhas verde-escuras são munidas de delicadas armadilhas rosadas – é colorida e incomum!

COME MOSCAS E INSETOS! Cada armadilha rosada contém um bocado de néctar. É essa cor e doçura que atrai o inseto incauto. Quando ele entra na armadilha, ela se fecha. Sucos digestivos, então, dissolvem a refeição. Quando o inseto é completamente absorvido, a armadilha reabre e graciosamente aguarda outro inseto!

ALIMENTE-A COM CARNE CRUA! Se não há insetos na sua casa, você pode alimentar as armadilhas com pequenas fatias de carne crua. A planta vai florescer com tal iguaria. Quando não houver comida para as armadilhas, a planta se alimentará normalmente através do seu sistema radicular.

FÁCIL DE CULTIVAR! Os bulbos da PAPA-MOSCAS DE VÊNUS crescem particularmente bem dentro de casa. Eles florescem em vasilhas de vidro e desenvolvem armadilhas de 3 a 4 semanas. Cada pedido inclui 3 PAPA-MOSCAS, mais MATERIAL ESPECIAL PARA CULTIVO, embalados num saco plástico. Por apenas $ 1.00.

ADMIRADA PELO FAMOSO BOTÂNICO E EXPLORADOR CHARLES DARWIN!

Em 1875, o Prof. Darwin escreveu: "Essa planta, comumente chamada de "Papa-moscas de Vênus", graças à rapidez e força de seus movimentos, é uma das maiores maravilhas do mundo... É surpreendente como um pouquinho de carne ligeiramente úmida produzirá esses... efeitos. Parece pouco provável e, no entanto, com certeza é um fato."

Não aceitamos pedidos do Canadá – só dos EUA.

Insetos distraídos tocam cerdas sensoriais, disparando a armadilha. Então a planta dissolve e digere o inseto. A armadilha vai abocanhar (mas NÃO arrancar) mais do que pode mastigar — como um dedo ou um lápis. Em alguns dias, depois de comer um inseto, a planta vai reabrir para se alimentar de novo.

☐ Contém $ 1.00, mais $ 0.25 de manuseio e envio, para 3 PAPA-MOSCAS E MATERIAL ESPECIAL PARA CULTIVO. Rápido!!

☐ Contém $ 1.75, mais $ 0.25 de manuseio e envio, para 6 PAPA-MOSCAS E MATERIAL ESPECIAL PARA CULTIVO.

NOME _____

ENDEREÇO _____

CIDADE _____ ESTADO _____

QUEM MAIS QUER UM MACACO VIVO?

GAIOLA GRATUITA! GUIA E COLEIRA DE GRAÇA!

VOCÊ pode ser o menino mais feliz do quarteirão com seu próprio FILHOTE VIVO DE MACACO-ESQUILO! Divirta-se à valer. Treine seu macaco para fazer truques, ir até você para comer, ter carinho e brincar. Esses macacos encantadores crescem até quase aos 30cm de altura e sua cor é dourada. Esguio, pelo curto. Cada macaco tem um rosto em forma de coração, olhos cativantes e sua cauda pode chegar aos 35cm de comprimento.

Não é difícil tratar e alimentar seu macaco. Ele come alface, cenouras, frutas, quase tudo que você come. Amoroso e adorável, seu bichinho de estimação vira praticamente um "membro da família" logo depois de chegar à sua residência. Vista-o com roupinhas bonitinhas usadas em shows; você e seu macaco podem ser amigos do peito.

ENTREGA GARANTIDA DO ANIMAL VIVO! Mande $ 19.95 em cheque ou ordem de pagamento. Pague ao entregador uma pequena tarifa de entrega rápida pelo envio seguro da encomenda.

FORMIGAS
BEM REAIS NA SUA PRÓPRIA FAZENDA DE FORMIGAS!

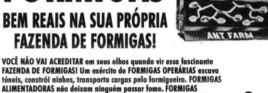

VOCÊ NÃO VAI ACREDITAR em seus olhos quando vir essa fascinante FAZENDA DE FORMIGAS! Um exército de FORMIGAS OPERÁRIAS escava túneis, constrói ninhos, transporta cargas pelo formigueiro. FORMIGAS ALIMENTADORAS não deixam ninguém passar fome. FORMIGAS ENFERMEIRAS cuidam dos bebês formigas. Mostre sua FAZENDA DE FORMIGAS ao seu professor de ciência, amigos e colegas de classe. A mamãe, o papai e as visitas vão compartilhar este incrível estudo da natureza. Demonstra exatamente como formigueiros se organizam e o que acontece. Feito de plástico transparente resistente. Tamanho adequado de 15cm x 22,5cm. A fazenda de formigas inclui cenário próprio, suporte, terra e areia. Tudo por apenas $ 2.98. Nós pagamos a postagem. GARANTIA DE ENTREGA EM PERFEITAS CONDIÇÕES.

$ 2.98

Extraordinário APITO SILENCIOSO CANINO!
...SÓ OS CÃES PODEM OUVI-LO!

CURTA ESSE APITO MALUCO!

SURPREENDA TODO MUNDO (especialmente o Totó) ao soprar O APITO SILENCIOSO CANINO. Os padrões supersônicos não são audíveis aos ouvidos humanos, mas seu cão responderá instantaneamente. Engane a todos, ensine truques ao cão como se fosse mágica. O apito tem frequência do som ajustável, anel de fixação etc. Todo feito de metal, com 7,5cm de comprimento. Apenas $ 1.00, mais $ 0.25 para postagem e manuseio.

Veja o Totó pular quando o apito silencioso soar! As pessoas não ouvem nada.

$ 1.00

O "RÁDIO OCULTO" MAIS FABULOSO DO MUNDO
Desaparece na Palma da Sua Mão!

EIS UM RÁDIO tão pequeno que cabe na palma da sua mão! É do tamanho de uma caixa de fósforos... e mede só 7,5cm por 5cm. Potente o bastante para captar transmissões da rádio local. Trata-se do famoso APARELHO MINIATURA GERMANIUM. É utilizado por milhares de meninos e meninas. SEM PILHAS! NÃO PRECISA DE ELETRICIDADE. Vem completo com fone de ouvido individual; acessório especial para antena. Use-o em qualquer lugar e a qualquer momento sem perturbar os outros. Ouça música, esporte, novelas... todos os programas da maioria das emissoras. E você pode ter este fantástico "RÁDIO OCULTO" por apenas $ 2.00, mais $ 0.25 para postagem e manuseio. Peça o seu hoje mesmo!

$ 2.98

ESTÁ NA HORA DE NOS CONCENTRARMOS EM *PORCAS* E *PARAFUSOS*, PESTINHA... NOSSA *MARAVILHA MECÂNICA* ESTÁ DE VOLTA NOVAMENTE! TOME CUIDADO PARA NÃO SE ENFORCAR COM A FITA DE COTAÇÕES ENQUANTO ACOMPANHAMOS...

OS NEGÓCIOS DE ADAM LINK!

Adaptado por EANDO BINDER (da sua história original) • Arte de JOE ORLANDO

AS MEMÓRIAS DE ADAM LINK (PARTE III)

Eu havia cruzado o corredor da morte até a câmara de execução, cheia de autoridades e jornalistas esperando para testemunhar a primeira execução de um robô "malfeitor"... Logo, a eletricidade fritaria meus neurônios de irídio esponjoso... Assim, eu pagaria pelo suposto assassinato do meu criador, o Dr. Charles Link! Eu fora <u>ordenado</u> pelo homem a sair do seu mundo!

— PAREM A EXECUÇÃO, PAREM!

— É *JACK HALL*, MEU AMIGO REPÓRTER! O QUE...?

"EU ENTREI NO CARRO E FUI PARA UM CHALÉ AFASTADO QUE EU COMPRARA RECENTEMENTE PARA ESTUDAR COM CALMA..."

"...DEIXANDO UMA CARTA PARA O MEU COLEGA DE QUARTO E AMIGO..."

"CARO JACK, NO FUNDO DO CORAÇÃO DELA, SÓ EXISTE UM HOMEM DE **VERDADE** PARA KAY! ELA VAI SUPERAR A INSTABILIDADE EMOCIONAL E SE CASARÁ COM VOCÊ! DESEJO AOS DOIS MUITAS FELICIDADES! SEU AMIGO, ADAM."

EU FICAREI AQUI NO MEU RETIRO ROBÓTICO... **REFLETINDO**! UM ROBÔ PODE FAZER MUITAS COISAS BOAS, MAS TAMBÉM MUITAS COISAS **RUINS**! COMO FOI COM KAY E JACK!

"AS EMOÇÕES CONCEBIDAS FORAM PURA DINAMITE... NÃO PARA ELA, MAS PARA **MIM**! POR UM INSTANTE, ACHEI QUE **PODERÍAMOS** DESFRUTAR A VIDA JUNTOS! AS EMOÇÕES REVIRARAM MINHA CABEÇA! SÓ VOLTAREI AO MUNDO EXTERIOR QUANDO RECOBRAR MINHA **MENTE MECÂNICA**... LIVRE DOS ANSEIOS HUMANOS MAIS ÍNTIMOS POR COISAS QUE NUNCA PODEREI USUFRUIR!"

SERÁ QUE O MAQUINÁRIO DE ADAM LINK FINALMENTE FOI PARA AS CUCUIAS? ELE SIMPLESMENTE IRÁ SE DESFAZER EM FERRUGEM NO SEU RETIRO? NÃO SE AFLIJA, MEU **MANÍACO MECÂNICO**! ELE VOLTARÁ EM BREVE NOVAMENTE... QUANDO O USO BENIGNO E MALIGNO DOS ROBÔS SERÁ SUBMETIDO A UM TESTE PARA VALER... **NATURALMENTE... HEHEH!**

VOCÊ, **VICIADO EM TERROR**, JÁ ESTÁ COM O COPO CHEIO E PRONTO PARA A DEGUSTAÇÃO? PARA O **CLÁSSICO DA CREEPY** DESSE MÊS, RECORREMOS ÀS OBRAS BIZARRAS DE **EDGAR ALLAN POE**, ONDE ESSE **MESTRE DO MACABRO** NOS PERMITE SORVER UMA DOSE DE PÂNICO COM...

O Barril de AMONTILLADO!

QUASE MEIO SÉCULO! MEIO SÉCULO ATÉ OS DIAS DE HOJE E NENHUM MORTAL PERTURBOU ESSA MURALHA... NÃO DESDE A OCASIÃO EM QUE MEU POBRE AMIGO FORTUNATO SACIOU SUA SEDE POR VINHOS RAROS BEM AQUI!

Adaptação de ARCHIE GOODWIN • Arte de REED CRANDALL

ENTRE PARA O FÃ-CLUBE DA CREEPY... É UMA GRITARIA SÓ!

É ISSO AÍ, *MONSTRO FACEIRO!* JUSTAMENTE O QUE VOCÊ ESTAVA UIVANDO AOS QUATRO VENTOS... O FÃ-CLUBE OFICIAL DA REVISTA *CREEPY!* ENVIE O CUPOM ABAIXO COM UMA NOTA VERDINHA ENSEBADA E VOCÊ IRÁ URRAR DE ALEGRIA QUANDO RECEBER UM BROCHE OFICIAL DO CLUBE, UM CARTÃO DE MEMBRO FORMATO BOLSO COM SEU NÚMERO DE IDENTIFICAÇÃO INDIVIDUAL E UM RETRATO COLORIDO DO TITIO CREEPY!
A AFILIAÇÃO TAMBÉM LHE CONFERE O DIREITO DE MANDAR HISTÓRIAS E DESENHOS PARA PUBLICAÇÃO NA PÁGINA DO FÃ-CLUBE DE FUTURAS EDIÇÕES DA *CREEPY!* DEPOIS NÃO VENHA COM CHORADEIRA! INSCREVA-SE JÁ E OUÇA SEUS AMIGOS GRITAREM DE INVEJA!

FÃ-CLUBE DA CREEPY — Rua E. Washington, 1426 – Filadélfia, Pa. 19138

Aqui vai o meu dólar para uma afiliação vitalícia no fã-clube mais repugnante do momento, que me dá direito a um broche do clube, cartão de membro e retrato colorido do meu maníaco favorito, TITIO CREEPY!

NOME ....
ENDEREÇO ....
CIDADE .... ESTADO .... CEP ....

A morte de Ashe reacende memórias perturbadoras e desagradáveis em Knowles... memórias de uma antiga expedição, mais mortes misteriosas... e o extraordinário **ABOMINÁVEL HOMEM DAS NEVES!**

Como cientistas, ninguém na viagem anterior ousara chegar a tal conclusão sem uma verificação... Agora Knowles tem certeza! E ninguém pode convencê-lo do contrário...

Mas depois de três dias de espera torturante no frio amargo...

Os suprimentos são escassos e a época das tempestades se aproxima quando eles dão início à última tentativa de busca pelo YETI...

Com a permissão para matar surge uma nova confiança... talvez em excesso!

— E ESSAS COISAS! VOCÊ EXPLORA A MINHA ÁREA DE CIÊNCIA, GERBA?
— EU FAÇO O QUE FOR PELA MINHA ARTE!

DESESPERADAMENTE, OS OLHOS DE VALDEUX SONDARAM A MESA ATRÁS DE UMA DICA... UMA PISTA... UM SINAL... DE QUE ALI ESTAVA A RESPOSTA! ENTÃO, UMA COISA BRILHOU DOURADA ENTRE OS BÊQUERES E O MATERIAL QUÍMICO...

— E ISTO! ISTO FAZ PARTE DA SUA ARTE, GERBA?
— ÀS VEZES... MAS, NA VERDADE, VALDEUX, A MINHA ESCULTURA É MEU ÚNICO PROPÓSITO!

O ALQUIMISTA SORRIU, QUASE ODIANDO A SOBERBA MONSTRUOSIDADE DE PEDRA... PARECIA NÃO HAVER COMO CHEGAR AO DEPÓSITO DE PRODÍGIOS ENTRINCHEIRADO POR TRÁS DO ROSTO DO ANÃO DISFORME QUE NÃO ENTREGARIA NENHUM SEGREDO...

— A IRA DO MARQUÊS NÃO O PREOCUPA, GERBA? ELE É UM HOMEM PODEROSO...
— BEM COMO O BARÃO! TALVEZ O MARQUÊS DEVESSE ESCOLHER MELHOR QUEM ELE CHICOTEIA!

— UM ATO IMPETUOSO PODE CUSTAR CARO... ATÉ PARA UM MARQUÊS!
— DEVERAS, GERBA. DE- VERAS!
— ENTÃO, EU SEREI MUITO CAUTELOSO COM VOCÊ. ATÉ DESCOBRIR O SEU SEGREDO!

DE NOVO A NOITE CAIU SOBRE A CIDADE... E ISSO, ASSOCIADO À TRÁGICA MORTE DO BARÃO, IMPRIMIA UM TAMANHO CLIMA DE TERROR QUE NINGUÉM OUSAVA PISAR NAS RUAS DE PEDRA... EXCETO AQUELES MOTIVADOS POR OBJETIVOS AINDA MAIS CONTUNDENTES...

— ORA, ORA! SAÍDAS NOTURNAS... VÁ NA FRENTE, ESCULTOR!

OBRIGADO, GERBA, OBRIGADO! OBRIGADO!

AAAAAARGH!

VALDEUX SEGUROU O BÊQUER FIRMEMENTE COM AS MÃOS TRÊMULAS, OLHANDO DESCONTROLADAMENTE AO REDOR...

PEDRA EM OURO! ESSE É O MAIOR PEDAÇO DE PEDRA AQUI DENTRO...

ASSIM QUE DESPEJOU O ESTRANHO LÍQUIDO NA ROCHA, VALDEUX DESEJOU NÃO TER FEITO ISSO... A PEDRA PRIMOROSAMENTE ESCULPIDA ESTREMECEU, DEPOIS SE MOVEU E, FINALMENTE, **GANHOU** VIDA!

O PESO DA ROCHA E A FÚRIA DA CARNE ARREMESSARAM VALDEUX AO CHÃO COM UMA FORÇA INUMANA! O EMBRIAGADO GERBA NÃO TINHA ENTENDIDO DIREITO... ELE **NÃO** SABIA COMO CRIAR OURO... O OURO ERA SÓ UM DOS **INGREDIENTES** DO FLUIDO QUE O ANÃO USAVA PARA DAR **VIDA** ÀS SUAS **GÁRGULAS!** AGORA, SENTINDO O APERTO DA MORTE, ATÉ VALDEUX ENTENDEU TUDO!

NÃO! NÃÃÃO! NÃÃÃÃOOO!

PODE-SE DIZER QUE VALDEUX APRENDEU UMA LIÇÃO BEM... DURA! SE ESSE FINAL DEIXOU ALGUÉM COM A GARGANTA SECA, ENTÃO É MELHOR CORRER ATRÁS DE UMA **BIRITA**! MAS NÃO BEBA ATÉ FICAR DOIDO DE **PEDRA**!

PODE SER OUVIDO A 8 KM!

CANHÕES AUTÊNTICOS!

ESTES CANHÕES podem ser ouvidos a 8 QUILÔMETROS DE DISTÂNCIA! Maquetes reais de armamento original do Exército. Dispara bolinhas de carboneto inofensivas. Soa como um estouro de dinamite. É seguro e inócuo. Nada de fósforos, nem pólvora. Provoque centenas de ESTRONDOS. Crie uma GRANDE EXPLOSÃO com seu próprio CANHÃO BARULHENTO.

Apenas $ 4.95 mais $ 0.50 de postagem & manuseio

UMA GRANDE EXPLOSÃO SAI DESTE PERFEITO CANHÃO TIPO CULATRA!

Carregador de CULATRA de 22cm. Duas rodas de trator maciças. Armazenagem de munição na parte de trás do suporte.

Apenas $ 9.95 mais $ 0.75 de postagem & manuseio

ESTE MODELO É AUTOMÁTICO E FAZ UM BELO ESTRONDO!

TIPO CAIXÃO com 42,5 cm. Acabamento em verde oliva. Rodas raiadas metálicas vermelhas. Equipado com carregador e detonador automático.

Apenas $ 14.95 mais $ 0.90 de postagem & manuseio

UM CANHÃO TRATOR ENORME com 62,5cm para "MANDAR TUDO PELOS ARES!"

Com 62,5cm tipo 155mm. Estrondo arrasador extra forte. Oito rodas de trator maciças. Elevador hidráulico simulado. Carregador automático de munição.

É MESMO UM FOGUETE!!!
Dispara EM DIREÇÃO AO CÉU!

- Papagaio! QUE LANÇAMENTO!
- SOBE a uma altura de mais de três metros do chão!
- Emoção Espacial Segura & Sensacional!

ESPETACULAR KIT DE FOGUETE pela bagatela de $ 1.00. É tudo o que você precisa para lançá-lo às alturas sobre as árvores e os prédios. Simula um autêntico Projeto de Foguetes Espaciais. Produtos químicos seguros o lançam velozmente aos céus em minutos. O kit inclui placas de reator e instruções completas para uma viagem espacial infalível. Para a emoção de sua vida... uma DECOLAGEM DE FOGUETE genuína... peça hoje mesmo. Apenas $ 1.00, mais $ 0.25 para postagem e manuseio.

APENAS $ 1.00
Mais $ 0.25 para postagem

CONJUNTO DE EXÉRCITO COM 150 PEÇAS!!!

- 2 Exércitos Completos Com 75 Homens Cada!

EIS AQUI 150 miniaturas realistas de soldados, em 2 exércitos de 75 homens cada. Agora todos os meninos podem virar seu próprio General. Posicione-os para manobras, batalhas, retiradas etc. Use-os para jogos de guerra, decoração, educação etc. Você irá adorar cada minuto com estes homens sob seu comando. Apenas $ 1.25, mais $ 0.25 para postagem e manuseio.

APENAS $ 1.25
Mais $ 0.25 para postagem

ANÉIS DE MONSTRO!

Anéis com detalhes ocultos cintilantes e acabamento em prata. O conjunto de 5 anéis inclui Lobisomem, Frankenstein, Vampiro, Caveira e Múmia. Brilha na luz. É ajustável. Apenas $ 0.50, mais $ 0.25 de postagem & manuseio.

CONJUNTO COMPLETO DE 5 ANÉIS TODOS DIFERENTES... apenas $ 0.50

ANEL-SIRENE DO LOBISOMEM!

É UM ANEL! É uma sirene! Sopre-o e o som será igual ao de um carro de polícia. Parece o grito do lobisomem, também. Excelente para fãs e clubes secretos. Apenas $ 0.75, mais $ 0.25 de postagem & manuseio.

$ 0.75

Extraordinário APITO SILENCIOSO CANINO!
...SÓ OS CÃES PODEM OUVI-LO!

CURTA ESSE APITO MALUCO!

SURPREENDA TODO MUNDO (especialmente o Totó) ao soprar O APITO SILENCIOSO CANINO. Os padrões supersônicos não são audíveis aos ouvidos humanos, mas seu cão responderá instantaneamente. Engane a todos, ensine truques ao cão como se fosse mágica. O apito tem frequência do som ajustável, anel de fixação etc. Todo feito de metal, com 7,5cm de comprimento. Apenas $ 1.00, mais $ 0.25 para postagem e manuseio.

$ 1.00

Veja o Totó pular quando o apito silencioso soar! As pessoas não ouvem nada!

MÁSCARA MALUCA DO FRANKENSTEIN PINGA SANGUE!

A PRIMEIRA E ÚNICA MÁSCARA DE FRANKENSTEIN de movimento bruxuleante com efeito de "sangue pingando". É tudo uma questão de reflexo. Mexa a cabeça levemente e gotas enormes de sangue parecem brotar dos olhos e dos cortes na testa. Mas é um simples truque e você fica totalmente limpo e seco. Os fãs de monstros vão adorar! Todos os outros vão morrer de medo. Envie $ 1.00, mais $ 0.25 para postagem e manuseio.

$ 1.00

FORMIGAS
BEM REAIS NA SUA PRÓPRIA FAZENDA DE FORMIGAS!

VOCÊ NÃO VAI ACREDITAR em seus olhos quando vir essa fascinante FAZENDA DE FORMIGAS! Um exército de FORMIGAS OPERÁRIAS escava túneis, constrói ninhos, transporta cargas pelo formigueiro. FORMIGAS ALIMENTADORAS não deixam ninguém passar fome. FORMIGAS ENFERMEIRAS cuidam dos bebês formigas. Mostre sua FAZENDA DE FORMIGAS ao seu professor de ciência, amigos e colegas de classe. A mamãe, o papai e as visitas vão compartilhar este incrível estudo da natureza. Demonstra exatamente como formigueiros se organizam e o que acontece. Feito de plástico transparente resistente. Tamanho adequado de 15cm x 22,5cm. A fazenda de formigas inclui cenário próprio, suporte, terra e areia. Tudo por apenas $ 2.98. Nós pagamos a postagem. GARANTIA DE ENTREGA EM PERFEITAS CONDIÇÕES.

$ 2.98

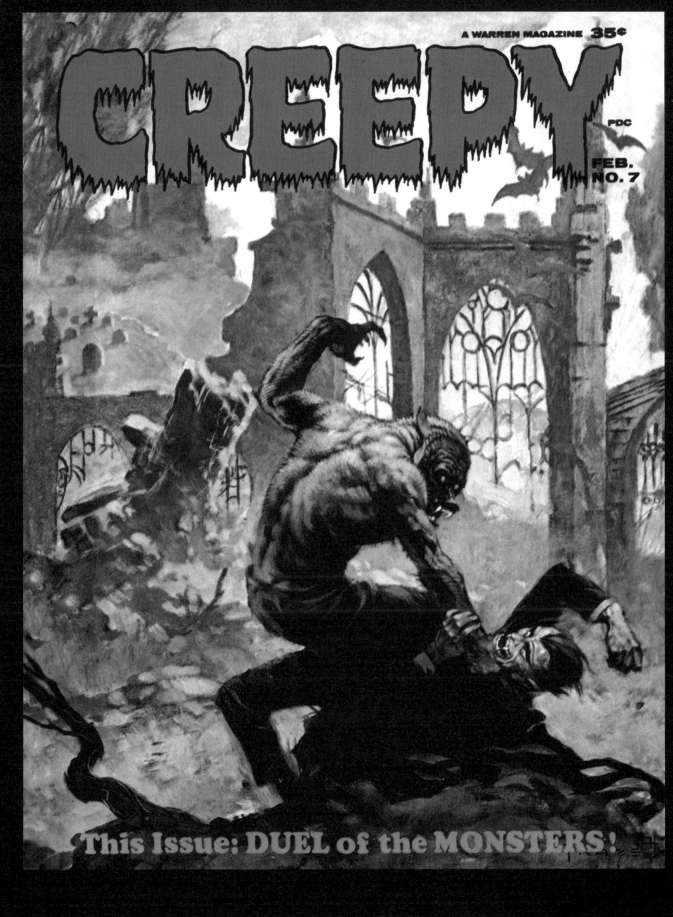

Capa de **CREEPY** # 7, publicada originalmente em Fevereiro de 1966.

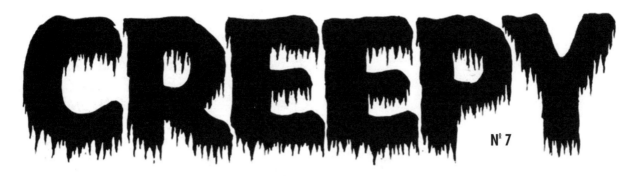

Nº 7

PUBLISHER: James Warren

EDITOR ORIGINAL: Archie Goodwin **CAPA:** Frank Frazetta
ARTISTAS: Reed Crandall, Frank Frazetta, Roy Krenkel, Al McWilliams, Gray Morrow, Joe Orlando, John Severin, Angelo Torres, Alex Toth, Al Williamson

ÍNDICE

O DUELO DE MONSTROS
LOBISOMENS SÃO UM INCÔMODO, PRINCIPALMENTE SE VOCÊ FOR UM VAMPIRO..................67

A CARA DO BARBA AZUL
O NOVO MARIDO DE MÔNICA É PERFEITO... PERFEITAMENTE ATERRORIZANTE..................76

CONHECIMENTOS TORPES
OS VIBRANTES E INDISPENSÁVEIS ENSINAMENTOS DO PROFESSOR CREEPY..................83

RUDE DESPERTAR
POBRE FRED ASHER! SEUS PESADELOS SÃO TÃO RUINS QUE O ATORMENTAM ATÉ QUANDO ELE ESTÁ ACORDADO..................85

ÁGUA SALGADA
O CAPITÃO CREEPY ZARPA RUMO A UM TEMPESTUOSO MAR DE HORROR..................91

O TÚMULO VAZIO
O CLÁSSICO DE ROBERT LOUIS STEVENSON SOBRE MÉDICOS, DISSECAÇÃO E MORTE..................99

O SANGUE DE KRYLON
A SEDE POR SANGUE DE UM VAMPIRO O LEVA PARA FORA DESTE MUNDO..................107

ENCANTO ARDENTE
UM CONTO FERVOROSO SOBRE A TERRÍVEL MALDIÇÃO DE UM FEITICEIRO..................113

O DUELO DE MONSTROS!

BOA NOITE, **FÃ DO TERROR**, QUEM VOS FALA É O SEU BOM E VELHO LOCUTOR ESPORTIVO **TITIO CREEPY**, E ESTOU AQUI PARA LEVÁ-LO A UM RINGUE NA ENSOLARADA ESPANHA, EM 1811, PARA O COMBATE DO SÉCULO! É **VAMPIRO** CONTRA **LOBISOMEM** E VOCÊ FICARÁ EMBASBACADO COM...

É A PRIMEIRA NOITE DE LUA CHEIA... ESTÁ TUDO TRANQUILO NA PEQUENA VILA ESPANHOLA NO SOPÉ DOS PIRINEUS... MAS POR POUCO TEMPO! ACOCORADO SOBRE UM TELHADO ESTÁ UM VULTO HÍBRIDO DE FERA E HOMEM... POSICIONADO E OFEGANTE QUANDO A SEDE DE SANGUE AUMENTA... AS NARINAS SE ALARGAM NO AR FRIO...

SUA PRESA ESTÁ PRÓXIMA!

Roteiro de ARCHIE GOODWIN • Arte de ANGELO TORRES

DESENTERRE UM PASSATEMPO...

LEIA TAMBÉM
CREEPY: CONTOS CLÁSSICOS DE TERROR VOL.1

A cena mais apavorante de FILME DE TERROR já feita!
Lon Chaney em "O Fantasma da Ópera"

A famosa "cena do desmascaramento nos subterrâneos" de MARY PHILBIN. Repleto de terror e tormento. Grotesco e repulsivo. Sinistro e misterioso. A célebre cena do filme original, disponível pela primeira vez em 8mm. Acrescente-a à sua coleção. A cena com 2m45s, $ 5.95 e com 1m22s, $ 4.95. Mais $ 0.25 de postagem e manuseio.

AGULHA HIPODÉRMICA DO MÉDICO LOUCO!

MULHERES DESMAIAM! HOMENS DESFALECEM! SERÁ QUE VOCÊ AGUENTA ENFIAR ESTA "AGULHA" NOS BRAÇOS DA SUA VÍTIMA?

VOCÊ É O MÉDICO LOUCO com esta incrível duplicata da seringa hipodérmica e agulha do seu médico do mundo real! Faça testes de "sangue". Aplique "injeções". Engane todo mundo. A inofensiva agulha sem ponta parece entrar na veia, mas, na verdade, ela é empurrada para dentro da seringa. O tubo parece se encher com o sangue da vítima. Um líquido vermelho é inserido nesta geringonça divertida e totalmente segura. Faça tudo o que um médico faz... é uma boa e intensa diversão. Peça hoje mesmo!
Apenas $ 1.50, mais $ 0.25 para postagem e manuseio.

Como ter um SHOW DE ASSOMBRAÇÃO Na Sua Própria Casa!

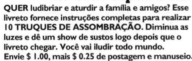

QUER ludibriar e aturdir a família e amigos? Esse livreto fornece instruções completas para realizar 10 TRUQUES DE ASSOMBRAÇÃO. Diminua as luzes e dê um show de sustos logo depois que o livreto chegar. Você vai iludir todo mundo. Envie $ 1.00, mais $ 0.25 de postagem e manuseio.

Veja o MILAGRE do NASCIMENTO Diante Dos Seus Próprios Olhos

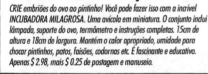

CRIE embriões do ovo ao pintinho! Você pode fazer isso com a incrível INCUBADORA MILAGROSA. Uma avícola em miniatura. O conjunto inclui lâmpada, suporte do ovo, termômetro e instruções completas. 15cm de altura e 18cm de largura. Mantém o calor apropriado, umidade para chocar pintinhos, patos, faisões, codornas etc. É fascinante e educativo.
Apenas $ 2.98, mais $ 0.25 de postagem e manuseio.

MECANISMO DE MOVIMENTO PERPÉTUO SOLAR FUNCIONA COM ENERGIA DA LUZ!

EIS AQUI um misterioso instrumento, com bandeirolas no seu interior que podem girar para sempre. Completamente sozinhas. Sem eletricidade, sem motor, sem pilhas. Funciona da mesma forma que a energia do sol produz as marés do oceano. Você só precisa de luz de qualquer fonte para fazer as bandeirolas girarem. Quanto mais brilhante a luz, mais rápido o movimento. É um dispositivo científico fascinante!
Apenas $ 1.75, mais $ 0.25 de postagem e manuseio.

A sua própria MÁSCARA DE VIGILANTE!

VOCÊ JÁ TEM a sua Máscara de Vigilante? Divirta-se à beça fundando um Clube do Vigilante. A máscara passa por cima da cabeça; tem fenda para boca e buracos para olhos. É feita de lã pura e forrada com feltro macio. Faixas elásticas; gola comprida especial cobre ombros. É excelente para reuniões, clubes, festas. Mantém o rosto aquecido no inverno. Por apenas $ 1.00, mais $ 0.25 de postagem e manuseio.

O MONSTRO DENTRO DA CAIXA!

O QUE HÁ DENTRO DA CAIXA MISTERIOSA? Será que está vivo? Vai funcionar? Pressione o interruptor e veja o que acontece. O rangido começa, a tampa se abre devagarzinho, uma horripilante mão esverdeada sai de dentro, hesita, então agilmente empurra o interruptor para a posição "desliga" — desaparece dentro da caixa e a tampa fecha com força. "Mata" todo mundo que der uma espiada!
Apenas $ 4.95, mais $ 0.25 de postagem e manuseio.

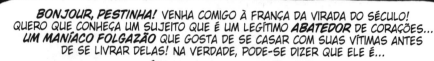

A CARA DO BARBA AZUL!

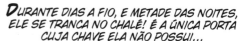

"LÁ, ELA SE DEPAROU COM OS RESTOS MEDONHOS DAS EX-ESPOSAS DO BARBA AZUL E DEIXOU A CHAVE CAIR, ATERRORIZADA!"

EEEEEE EEE!

"A CHAVE FICOU MANCHADA DE SANGUE, E POR MAIS QUE TENTASSE, FÁTIMA NÃO CONSEGUIA REMOVER AS MARCAS!"

"E, QUANDO O BARBA AZUL REGRESSOU, ELE VIU A CHAVE MANCHADA, DEDUZIU O QUE ELA TINHA FEITO E A CONDENOU À MORTE!"

YAHHHHHHHHH!

MEU DEUS! É IDÊNTICO AO BRIAN... SERÁ QUE *ELE* ESTÁ REPRODUZINDO A HISTÓRIA DE ACORDO COM A LENDA?!

SUSPEITANDO DO PIOR, MÔNICA REALIZA UMA BUSCA METICULOSA PELA CASA... E ENCONTRA O QUE ESTÁ PROCURANDO NOS RECANTOS SOMBRIOS DO SÓTÃO...

TAL COMO PENSEI... *QUATRO* CERTIDÕES DE CASAMENTO DIFERENTES... EU SOU SUA QUINTA ESPOSA!

TODO MUNDO JÁ OUVIU FALAR EM *LOBISOMENS*, MAS VOCÊ DESCOBRIRÁ A EXISTÊNCIA DE UM *ZOOLÓGICO* DE *LICANTROPOS* BEM *ANIMAL*, ASSIMILANDO A *SABEDORIA MASTIGADA* DOS...

CONHECIMENTOS TORPES DA CREEPY!

NA CHINA E NO JAPÃO EXISTEM INÚMERAS LENDAS DE MULHERES-RAPOSAS... DIZ-SE QUE SÃO GAROTAS BONITAS QUE ATRAEM VÍTIMAS MASCULINAS E, EM SEGUIDA, TRANSFORMAM-SE NUMA RAPOSA ROSNANTE E AGRESSIVA!

POR TODA PENÍNSULA MALAIA CONTAM-SE HISTÓRIAS DE FEROZES HOMENS-TIGRES, SERES MUTANTES QUE CAÇAM A PRESA NA SELVA COMO GRANDES FELINOS! MAS, MESMO NA FORMA HUMANA, ELES PODEM SER RECONHECIDOS, POIS SEU REFLEXO NA ÁGUA É SEMPRE O DE UM TIGRE!

ÍNDIOS ARUAQUES NOS CONFINS DA AMAZÔNIA FALAM SOBRE UM JOVEM QUE FOI A UM LAGO MISTERIOSO NA SELVA, BANHOU-SE NA ÁGUA ENLUARADA E TRANSFORMOU-SE NUM MORTÍFERO JAGUAR.

TANGANICA FOI ASSOLADA PELO TERROR, EM 1947, GRAÇAS A UM CULTO FANÁTICO DE ASSASSINOS CONHECIDOS COMO OS HOMENS-LEÕES... ELES FIZERAM MAIS DE 40 VÍTIMAS ANTES QUE AS AUTORIDADES CONSEGUISSEM DOMINÁ-LOS!

O DRAGSTER DE DRÁCULA!

IMAGINE O DRÁCULA na pista de corrida! Você pode colocá-lo lá no bizarro e fantasmagoricamente horripilante TURBINADO DO DRÁCULA... um terror sobre rodas. Chamas saem do escapamento... um morcego se empoleira no radiador... ornamentos espantosos enfeitam o para-choque dianteiro. Um Drácula esculpido guia o Turbinado com uma mão... e segura uma poção mágica na outra, enquanto sua capa vermelha esvoaça atrás dele. É como se o Drácula estivesse dirigindo um caixão. E por que não? É exatamente o que temos aqui. Você aproveitará a corrida com o Drácula, e poderá fazer isso por apenas $ 0.98, mais $ 0.27 para postagem e manuseio.

O "LOBOMÓVEL" do LOBISOMEM!

VOCÊ COM CERTEZA vai querer este par abominável – o adorável LOBISOMEM dirigindo seu sinistro e impressionante LOBOMÓVEL. Isto é um verdadeiro Monstro Envenenado... das rodas de trator na traseira até os elaborados raios na parte da frente. Todo mundo vai se desviar enquanto o Lobisomem guia esta geringonça colorida. Camundongos são usados como enfeites; o escapamento simula a chama e a fúria do carro em alta velocidade. Pronto para rodar no momento em que você recebê-lo...
Apenas $ 0.98; mais $ 0.27 de postagem e manuseio.

MONSTROS para você "PASSAR A FERRO"

ESTES MONSTROS ENORMES de 27,5cm de altura ficarão magníficos quando estampados em suas roupas, seus livros, suas colchas etc. São bem grandes e bem coloridos... você ou a sua Mãe podem transferi-los em questão de segundos. Podem ser prensados em qualquer tecido de algodão, linho ou lã.

Você pode optar pelo DRÁCULA, FRANKENSTEIN, O MONSTRO DA LAGOA NEGRA, O FANTASMA DA ÓPERA, LOBISOMEM ou MÚMIA. Decalque-os em camisetas, camisas, blusões de moleton, jeans, jaquetas, cadernos... É só você escolher e transferir. Qualquer dupla de monstros passados a ferro, apenas $ 1.00.

Especifique quais MONSTROS PASSADOS A FERRO você prefere. Mande $ 1.00, mais $ 0.25 para postagem e manuseio.

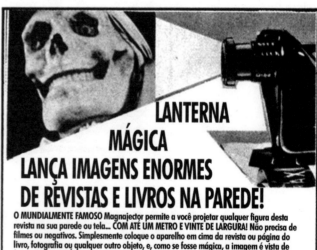

LANTERNA MÁGICA LANÇA IMAGENS ENORMES DE REVISTAS E LIVROS NA PAREDE!

O MUNDIALMENTE FAMOSO Magnajector permite a você projetar qualquer figura desta revista na sua parede ou tela... COM ATÉ UM METRO E VINTE DE LARGURA! Não precisa de filmes ou negativos. Simplesmente coloque o aparelho em cima da revista ou página do livro, fotografia ou qualquer outro objeto, e, como se fosse mágica, a imagem é vista de forma AMPLA & NÍTIDA na parede à sua frente. Veja veias em folhas... detalhes de insetos... rostos de monstros... fotos suas ou dos seus amigos ou da sua família. Em TAMANHO GRANDE na parede. Peça o seu Magnajector hoje mesmo. É super divertido e muito útil nos trabalhos escolares de arte, ciência etc. Apenas $ 6.95, mais $ 0.70 para postagem e manuseio.

$ 6.95

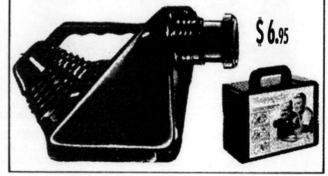

Reggie acabou encontrando uma nova tripulação, provando que até num pequeno porto distante, seu ouro não podia ser ignorado... E, apesar de suas aparências, os homens recém-contratados pareciam ser eficientes...

...ASSIM, SOB A LUA CHEIA COBERTA PELA NEBLINA, O **GALEÃO DOURADO** ZARPOU MAIS UMA VEZ...

ENFIM, ESTAMOS A CAMINHO! ESTE É O CURSO QUE EU QUERO QUE SIGA.

SÓ DEUS SABE QUE TIPO DE EXPERIÊNCIA VOCÊ JÁ TEVE... ACHA QUE CONSEGUE FAZER ISSO?

SIM, SENHOR... CONHEÇO BEM ESTAS ÁGUAS!

Ao pôr do sol do dia seguinte, o iate chegou a uma coordenada muito relevante para Reggie...

PESSOAL! VENHAM AO CONVÉS! EU TENHO UMA AUTÊNTICA HISTÓRIA DE PIRATAS PARA VOCÊS!

CÁ ESTAMOS! SEGUNDO O DIÁRIO DE BLACK BEARDSLEY, FOI AQUI QUE ELE ATACOU SEU ÚLTIMO NAVIO DE CARGA E FEZ SUA MAIOR PILHAGEM!

"ERA UM NAVIO COM UM TESOURO CARREGADO DE OURO... BLACK BEARDSLEY O AFUNDOU COM TODOS A BORDO... *AINDA VIVOS!*"

"ELE OS AMARROU NO PORÃO PARA QUE SE AFOGASSEM QUANDO O BARCO PARASSE NO FUNDO DO MAR ENLAMEADO!"

*A*O MESMO TEMPO QUE REGGIE ENTRETINHA SEUS CONVIDADOS COM OS FEITOS DO SEU ANCESTRAL, UM TREMOR ESTRANHO PERCORRIA A CARCAÇA DE MADEIRA APODRECIDA DA ANTIGA EMBARCAÇÃO A METROS DE PROFUNDIDADE... FAZENDO-A ESTREMECER SILENCIOSAMENTE E LIBERTANDO-A DO SEU TÚMULO INCRUSTADO!

*C*OM UMA FIRMEZA VAGAROSA, A CASCA DETERIORADA DE UM OUTRORA BELO GALEÃO NAVEGOU PELAS SOMBRIAS CORRENTEZAS SUBMARINAS EM DIREÇÃO À SUPERFÍCIE, ASSIM COMO FIZERA SÉCULOS ANTES AO SABOR DOS VENTOS FORTES DO MAR DO CARIBE, ATÉ SEU CASCO COBERTO DE LIMO ENCOSTAR NO MODERNO E LUSTROSO IATE DE REGGIE...

...E, NA CALADA DA NOITE...

O QUÊ?! Q-QUEM...

SNAP!

NOTA DO EDITOR: não atualizamos as informações biográficas para manter o conteúdo nostálgico do material.

O FÃ-CLUBE DA CREEPY!

AQUI ESTÁ! A primeira atração do que esperamos que seja uma seção muito popular entre vocês, fiéis pestinhas... Esta é a página do Fã-Clube da CREEPY!

Para a primeira de uma série de biografias da nossa equipe de artistas, começamos com FRANK FRAZETTA, o que provavelmente é muito apropriado já que os FÃS DIABÓLICOS como você começam cada edição da CREEPY olhando embasbacados para as tenebrosas capas do Demoníaco Frazetta (a menos que você seja do tipo que folheia uma revista de trás para frente, e, neste caso, só podemos dizer uma coisa: TOME A SUA LINHA!).

Frank nasceu no Brooklyn, em Nova York, no dia 9 de Fevereiro de 1928. Quando tinha três anos de idade, ele pôs um lápis na mão e começou a desenhar... e não parou desde então! Até mesmo seus primeiros trabalhos foram relativamente bem-sucedidos. A irmã de Frank conseguia trocar suas histórias em quadrinhos caseiras pelos produtos comprados pelo pessoal da turma dela. Com seu talento provado e comprovado na vizinhança, Frank foi matriculado em um curso de arte na Brooklyn Academy of Fine Arts aos oito anos de idade! Ele continuou a frequentar essas aulas até os dezesseis anos. Nesta época, sob a inspiração e a instrução do artista clássico Italiano, Michael Salanga, foram estabelecidas as raízes que fizeram de Frank Frazetta o magnífico profissional que ele é atualmente. Os alunos do curso foram dispensados quando o Sr. Salanga morreu. Se estivesse vivo, diz Frank, "Eu ainda estaria aprendendo com ele!"

Aos dezesseis anos, Frank estreou na área de quadrinhos fazendo um personagem para a revista TALLEY-HO COMICS chamado "Snowman". Daí em diante, ele começou a trabalhar regularmente em revistas em quadrinhos com bichinhos engraçados, mas logo estava diversificando suas atividades com histórias de ação vibrante e personagens aventureiros. Alguns exemplos disso são DAN BRAND, SHINING KNIGHT, TOMAHAWK, THUNDA e uma série de capas de "Buck Rogers" para a revista FAMOUS FUNNIES. Como muitos da nossa equipe da CREEPY, Frank contribuiu com as revistas em quadrinhos muito admiradas da EC, frequentemente trabalhando em parceria com AL WILLIAMSON. Em 1952, ele fez uma tira de quadrinhos distribuída para jornais, JOHNNY COMET. A historieta foi cancelada depois de um ano, mas pavimentou o caminho para outras ofertas das agências distribuidoras. Uma delas foi trabalhar com AL CAPP em "Ferdinando". Encantado com a chance de contribuir com um dos maiores cartunistas do mundo, Frank aceitou. Uma forte influência na decisão pode ter sido o fato de que ele e sua atraente esposa, Ellie, se casaram no feriado criado por Capp, o "Dia da Maria Cebola" (por que lutar contra o destino?). Mas Frank achou o trabalho "Quase muito fácil, muito confortável". Abrindo mão de um negócio obviamente vantajoso, ele se aventurou por conta própria, encontrando pela frente muitos anos difíceis enquanto tentava entrar na área de ilustração editorial.

O estilo de Frazetta no desenho de mulheres acabou levando seu trabalho para muitas revistas masculinas; na época, através de ROY KRENKEL, Frank começou a fazer capas para reimpressões em brochura das obras de Edgar Rice Burroughs, o que apresentou suas pinturas ao público e criou uma audiência maior de fãs de Frazetta. A arte fantástica é o tipo de trabalho favorito de Frank, portanto a criação da CREEPY, e seu recrutamento para produzir as capas, caíram como uma luva para Frazetta, como cada composição de arrepiar os cabelos pode atestar.

Hoje em dia, além de cuidar da produção de todas as capas das revistas CREEPY, BLAZING COMBAT, e a nova EERIE, Frank entrou para o mundo da publicidade cinematográfica e seu trabalho pode ser visto em anúncios para "O Que É Que Há, Gatinha?", "O Segredo Do Meu Sucesso" e "O Grupo". Recentemente foi lançada sua primeira capa feita para um disco, "Heads of State".

Frank e Ellie atualmente vivem em Long Island onde estão firmemente empenhados na criação de seus três filhos, os dois meninos, Frankie e Billy, e a recém-chegada menininha, Holly. Os passatempos dele incluem fotografia e bastante esporte, particularmente beisebol (uma oferta de contrato do N.Y. Giants na adolescência de Frank quase privou os fãs da CREEPY das capas alucinantes de Frazetta). Quando perguntado sobre suas ambições futuras, Frank disse que estava bem satisfeito com o que está acontecendo agora e "Se a situação não ficasse melhor, eu não me incomodaria!" Nosso palpite é de que essa declaração nunca será colocada à prova porque para alguém com o talento de Frank Frazetta, as coisas vão melhorar cada vez mais!

Na imagem acima, temos uma das primeiras contribuições dos leitores: um esboço apavorante feito por Roberto Oqueli de Nova Orleans, La.!

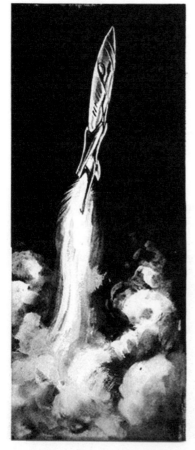

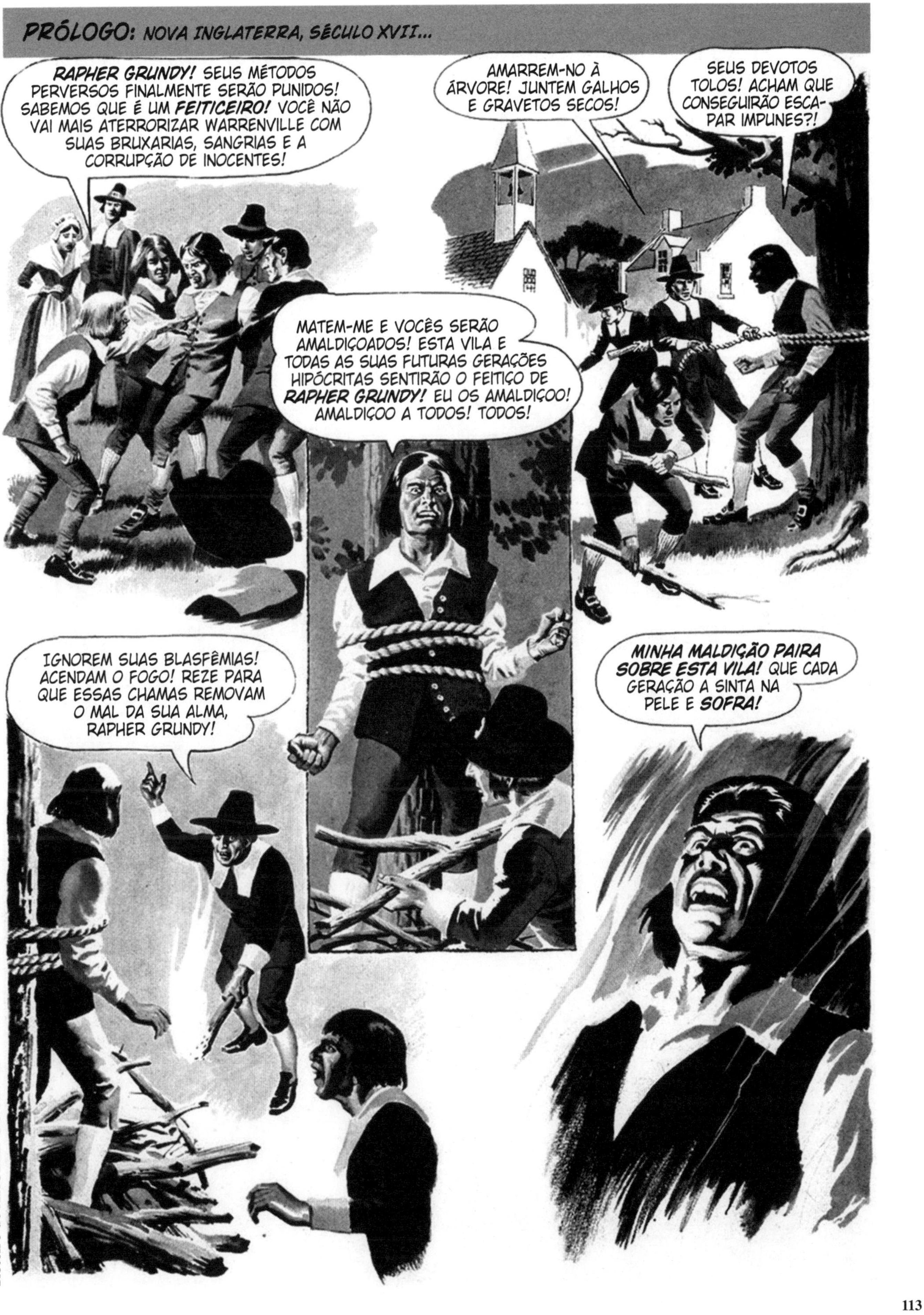

Roteiro de ARCHIE GOODWIN • Arte de REED CRANDALL

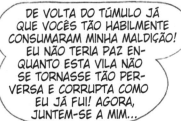

Capa de **CREEPY** # 8, publicada originalmente em Abril de 1966.

Nº 8

PUBLISHER: James Warren

ASSISTENTE DO PUBLISHER: Richard Conway   **EDITOR ORIGINAL:** Archie Goodwin   **CAPA:** Gray Morrow
ARTISTAS: Eugene Colan, Reed Crandall, Frank Frazetta, Gray Morrow, Joe Orlando, John Severin, Jay Taycee, Angelo Torres, Alex Toth, George Tuska, Al Williamson, George Evans

ÍNDICE

CONHECIMENTOS TORPES
OUTROS PETISCOS HORRENDOS DO TITIO CREEPY......124

O CAIXÃO DE DRÁCULA
O CONDE PODE TER MORRIDO, MAS ESTÁ CONOSCO EM ESPÍRITO...125

ASAS DA MORTE
MUITO TERROR E MORTE NAS TRINCHEIRAS DURANTE A PRIMEIRA GUERRA MUNDIAL...........................136

MONTANHA
EM BUSCA DE VINGANÇA, UMA MULHER GALGA AS ALTURAS DO HORROR..142

O CONVITE
VENHA PASSAR UNS DIAS NO CASTELO DO BARÃO VON RENFIELD — SE VOCÊ TIVER CORAGEM!........................148

O FÃ-CLUBE DA CREEPY!
AS ATIVIDADES DIABÓLICAS DOS FÃS, APRESENTANDO A BIOGRAFIA DE GRAY MORROW..............................155

A NOIVA DE ADAM LINK!
ADAM CRIA UMA EVA QUE CRIA O CAOS.....................156

PLANO COERENTE
NÃO SE ENSINA TRUQUE NOVO A CACHORRO VELHO — MAS, E NO CASO DE LOBISOMENS?........................164

CASTIGO NA MEDIDA CERTA!
UM LADRÃO DE TÚMULOS NOS DIAS ATUAIS SE VÊ EM MAUS LENÇÓIS...170

QUER SE LIVRAR DE UM **VAMPIRO** QUE ESTÁ FUNGANDO NO SEU **PESCOÇO**? EXISTEM MUITOS MÉTODOS DIFERENTES... VOCÊ PODE **CRAVAR** SUAS APOSTAS COM A AJUDA DA NOSSA MAIS RECENTE EDIÇÃO DOS...

CONHECIMENTOS TORPES DA CREEPY!

Os romenos são um povo de grande tradição, e frequentemente utilizavam a célebre estaca de madeira enfiada no coração para despachar um vampiro. Mas alguns radicais eram a favor de que uma bala de prata fosse disparada através do caixão!

Na Grécia, depois da exumação do corpo do vampiro, o coração era extirpado e cremado sobre o cadáver! O pessoal mais chegado a detalhes ou apaixonado pelas chamas, preferia queimar o corpo inteiro e espalhar as cinzas ao vento!

Uma crença búlgara diz que um mago ou um feiticeiro podem aprisionar um vampiro colocando sangue dentro de uma garrafa. O vampiro entra em forma de névoa e, no mesmo instante, o frasco é lacrado e queimado...

Os franceses conseguiram debelar uma epidemia vampiresca, em 1732, decapitando os cadáveres e enterrando os restos mortais em lugares separados. Alho geralmente era colocado na boca da cabeça do vampiro. Se a criatura ressuscitasse, no mínimo teria uma bela indigestão!

Arte de ANGELO TORRES

124

"EU VEJO QUATRO HOMENS CERCANDO E PARANDO A CARROÇA... O JOVEM LORDE GOLDALMING, O DR. JOHN SEWARD, UM AMERICANO, QUINCEY MORRIS, E VOCÊ, JONATHAN HARKER!

"À DISTÂNCIA, VEJO OUTROS OLHOS OBSERVANDO... O VELHO DOUTOR, VAN HELSING, E UMA MULHER, BELA, PORÉM MACULADA POR UM MAL INDESCRITÍVEL... VOCÊ, MINA HARKER!"

"AGORA VEJO UMA LUTA VIOLENTA E MORTAL AO PÔR DO SOL. VOCÊ E O AMERICANO, GRAVEMENTE FERIDO, PEGAM O CAIXÃO... E ESFORÇAM-SE PARA TIRÁ-LO DA CARROÇA..."

"O CAIXÃO É ABERTO! LÁ DENTRO ESTÁ... O PRÍNCIPE DOS DEMÔNIOS! ELE SORRI EM TRIUNFO... O SOL JÁ SE PÔS, SEUS PODERES ESTÃO NO ÁPICE!"

"ENTÃO, O GOLPE E O LAMPEJO DE AÇO, E O ARCO VELOZ DA ESTACA DE MADEIRA!"

"EU OUÇO SEUS SOLUÇOS DE ALÍVIO QUANDO A MALDIÇÃO DO VAMPIRO É REMOVIDA... VEJO, QUASE NUM PISCAR DE OLHOS, O CORPO INTEIRO SE DESFAZER EM UM PÓ CINZENTO DENTRO DO CAIXÃO... EU VEJO A MORTE DO... CONDE DRÁCULA!"

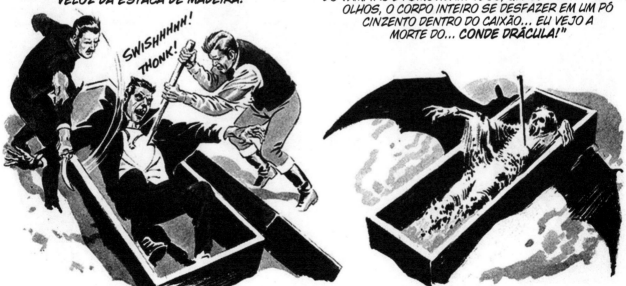

129

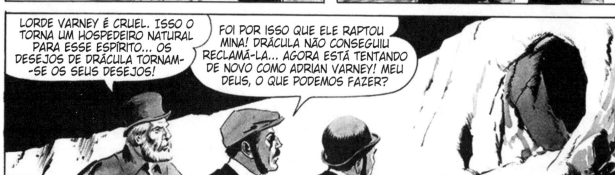

PORTÁTIL! VOCÊ PODE EXIBIR FILMES DE MONSTROS onde e quando quiser!

LENTES AJUSTÁVEIS
AJUSTE HORIZONTAL
INTERRUPTOR LIGA/DESLIGA
AJUSTE DE DISTÂNCIA

EXIBE FILMES SEM ELETRICIDADE! PROJETOR DE FILMES 8MM!

Eis aqui um Projetor que, embora seja elaborado com precisão e fabricado com componentes resistentes para uso prolongado, tem um custo tão razoável que todo mundo agora pode curtir a emoção de exibir filmes caseiros ou filmes comerciais padrões de 8mm. Seu modelo é simples, porém atraente, e é tão fácil de manejar que até uma criança pode aprender a usá-lo de uma hora para outra. Seu sistema de lentes duplas e o bom funcionamento proporcionam uma performance incrível. E, por ser tão compacto, você pode carregá-lo consigo a todos os lugares e mostrar seus filmes caseiros para amigos e parentes. (Ele vem dentro de um conveniente estojo de fibra, com alça, para facilitar sua portabilidade!). Não é preciso desenrolar o cabo elétrico, nem sair à cata de uma tomada — porque não há cabo. As pilhas (disponíveis em qualquer lugar) armazenadas na base cuidam de tudo — e já entram em ação com apenas um toque no interruptor. Este projetor automático de focalização rápida exibe filmes de 8mm em cores ou preto e branco. Se você quiser interromper a projeção em um determinado quadro, não há problema. E o motor de rebobinagem automático também é veloz e eficaz!
Rolo extra incluído em cada Projetor. (Pilhas não inclusas).

EXPERIMENTE-O POR DEZ DIAS COM NOSSA GARANTIA DE DEVOLUÇÃO DO DINHEIRO
Estamos tão confiantes de que você apreciará este projetor, que o convidamos a experimentá-lo por dez dias e, depois, se você não concordar que isto é uma verdadeira pechincha, basta nos reenviar o produto que reembolsaremos o valor da compra — sem fazer perguntas!

VEJA ESTAS CARACTERÍSTICAS:
- totalmente elétrico
- rebobinagem automática
- interruptor de motor e luz
- projeta filmes de 8mm em cores e preto e branco
- inclui tela • fabricação resistente

APENAS $ 9.98
mais $ 1 para postagem e manuseio

O CORAÇÃO DELATOR

James Mason é o Narrador!
SOM 8mm!
O CLÁSSICO de Edgar Allan Poe!

ESTE FAMOSO FILME SONORO está disponível, finalmente, para colecionadores particulares. O sinistro e arrepiante conto de Edgar Allan Poe intitulado "O CORAÇÃO DELATOR" é um clássico inesquecível. Aqui, em Som Ultrassônico 8mm, você tem o filme original da Columbia Pictures, em uma versão completa de 6 metros. A escuridão da noite... os passos pavorosos... as cenas assustadoras... as pessoas horrorizadas... os ânimos fantasmagoricamente horripilantes. Tudo isso é encerrado para sempre em um FILME SONORO memorável. O incomparável James Mason cria uma narração magistral. Você vai amar este filme. Peça hoje mesmo.
Som 8mm, 6 metros, $ 11.95 mais $ 0.25 para postagem e manuseio.

A FERA DE CINCO DEDOS

O QUE ACONTECE quando a loucura obsessiva e torturante domina a residência de um famoso pianista concertista? Quem é a Fera de Cinco Dedos? Peter Lorre fica à espreita neste filme de terror no auge da sua carreira dramática. Enquanto as cenas se desenrolam uma atrás da outra, você se agarra à beira da sua poltrona em absoluto suspense. Este célebre filme agora está disponível para os colecionadores. Peça hoje mesmo. 8mm, com 6 metros, $ 11.95 mais $ 0.25 para postagem e manuseio.

Peter Lorre no seu Melhor!

Bela Lugosi como DRÁCULA

O ATEMORIZANTE DRÁCULA está de volta, esgueirando-se pelo nevoeiro londrino à procura de suas vítimas. Bela Lugosi faz uma das melhores interpretações da sua carreira, nessa película clássica. Demônios, vampiros, gritos... nesse filme famoso. Acrescente-o à sua coleção... é o máximo!
8mm, com 48 metros, $ 5.75.

Boris Karloff em A MÚMIA

VOCÊ NEM IMAGINARIA que somente Boris Karloff poderia ser tão medonho quanto a MÚMIA original! Em 1932, ele deixou o estúdio de Hollywood "torturá-lo" por horas, enrolando gazes apodrecidas, borrifando produtos químicos e esquentando tudo com barro. Não é à toa que Karloff ficou estupendo como A MÚMIA... de tão incomodado, ele descontou tudo nas vítimas do filme. Mas você se sentirá ótimo ao assistir sua performance inquietante!
8mm, com 48 metros, $ 5.75.

O MONSTRO DA LAGOA NEGRA

TALVEZ VOCÊ NUNCA MAIS QUEIRA NADAR depois de assistir este filme apavorante. Imagine uma criatura viva de 150 milhões de anos atrás saindo da água, na África. Ele assusta terrivelmente um grupo de arqueólogos. Repleto de cenas da Lagoa Negra, batalhas furiosas com arpões, perseguições etc. Um filme de monstro que todo colecionador aprecia! 8mm, com 48 metros, $ 5.75.

Por favor, enviem-me o quanto antes meu pedido pelo qual anexo $............... mais o valor mostrado com cada item para postagem e manuseio.

☐ Bela Lugosi como DRÁCULA, $ 5.75 mais $ 0.25 para postagem e manuseio
☐ Boris Karloff em A MÚMIA, $ 5.75 mais $ 0.25
☐ O MONSTRO da LAGOA, $ 5.75 mais $ 0.25
☐ O CORAÇÃO DELATOR, $ 11.95 mais $ 0.25
☐ A FERA DE CINCO DEDOS, $ 11.95 mais $ 0.25
☐ Luxuoso Projetor de Filmes 8mm, $ 9.98 mais $ 1.00 para envio

NOME..
ENDEREÇO..

ASAS DA MORTE!

ESTAMOS NA PRIMEIRA GUERRA MUNDIAL... UMA ÉPOCA DE TRINCHEIRAS FÉTIDAS E DESTEMIDOS PILOTOS DE COMBATE.

EU DARIA TUDO PARA ESTAR LÁ EM CIMA AGORA!

NÃO TENHA TANTA CERTEZA DISSO. VOCÊ PODE SENTIR O CHEIRO DO AR FRESCO POR UM TEMPO, MAS BEM PROVAVELMENTE VAI ACABAR COM A CARA CHEIA DE GASOLINA, ÓLEO E FUMAÇA!

ENTENDEU O QUE EU QUIS DIZER?

Roteiro de LARRY IVIE • Arte de GEORGE EVANS

*Os aviões taxiam e decolam, cada um deles com a mesma missão: **ABATER O AVIÃO NÃO IDENTIFICADO!***

SENHOR, OS ALEMÃES JÁ ATACARAM O AVIÃO. MAIS SEIS FORAM DERRUBADOS, E OS OUTROS VOLTARAM PARA A BASE.

MALDIÇÃO! COM QUE TIPO DE DEMÔNIO ESTAMOS LIDANDO? TOMARA QUE **TENHAMOS** MAIS SORTE!

Em formação cerrada, os aliados assumem suas posições.

Por dez minutos, a batalha é brutal, e três aviões aliados caem em chamas!

Então, de repente, os aviões são engolidos pelas nuvens, e o confronto é obrigado a parar.

Por quinze minutos, os aviões sobrevoam a área, mas o ás misterioso já desapareceu. Desapontados, os membros restantes do esquadrão voltam para sua base.

HEHEHEH! ENTÃO, MEUS AMIGOS DO ABISMO, CÁ ESTAMOS À BEIRA DO PRECIPÍCIO DE OUTRO CONTO HORRIPILANTE DO BOM E VELHO TITIO CREEPY. ESTA HISTÓRIA DIZ RESPEITO ÀS MAQUINAÇÕES MALIGNAS DE UMA MULHER PERVERSA QUE ABUSA DA SORTE NO TOPO DA...

MONTANHA

NÃO MUITO ATRÁS DELA, NOS LIMITES DA ÁREA PLANA DO VALE, O AGRUPAMENTO DE TOCHAS FLAMEJAVA FURIOSAMENTE NA TEMPESTUOSA NOITE DE INVERNO. DO SEU PONTO DE OBSERVAÇÃO NA ESTRADA DA MONTANHA COBERTA DE NEVE, ELA PODIA VER CLARAMENTE QUE ELES SE APROXIMAVAM.

ELA HAVIA SAÍDO DA CIDADE HÁ MAIS DE TRÊS HORAS, SEM NENHUMA CHANCE DE SE PREPARAR PARA SUA JORNADA. AGORA, COM OS PÉS ARDENDO EM DOR GELADA, E AS MÃOS ENDURECENDO DE FRIO, ELA AMALDIÇOAVA OS CIDADÃOS TACANHOS E HIPÓCRITAS QUE A PERSEGUIAM.

Roteiro e Arte de JAY TAYCEE

Ela saiu da estrada e começou uma escalada lenta e penosa. Era uma jogada arriscada, mas talvez servisse para despistá-los. Se continuasse na estrada, em pouco mais de uma hora, eles a alcançariam... e se isso acontecesse, poderiam matá-la...

Caindo e tropeçando, ela subia desesperadamente por entre os montes de neve. Ela sabia que não era uma montanha muito grande e que havia a segurança de outra cidade do outro lado. Com um pouco de sorte, ela poderia conseguir...

Arquejando, ela parou para descansar e, quando seus olhos sondaram o vale abaixo, ela viu a trilha de tochas voltando em direção à cidade. Os cidadãos haviam desistido da perseguição.

...NOJENTOS! VOCÊS VÃO ME PAGAR POR TEREM ME ENXOTADO DA CIDADE! VOU ME VINGAR NEM QUE SEJA A ÚLTIMA COISA QUE EU FAÇA!

Por longos minutos, ela não se mexeu, mas ficar ali significaria morte na certa, então ela começou a escalar novamente. O tempo havia se dissipado numa dimensão irreal. Mecanicamente, ela abria seu caminho até que, silenciosamente, tomou conhecimento da cabana logo adiante...

Ela bateu à porta...

...que se abriu...

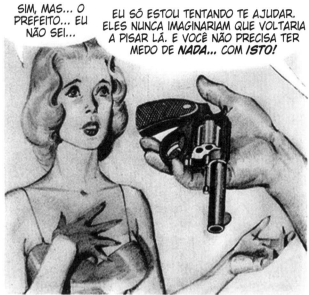

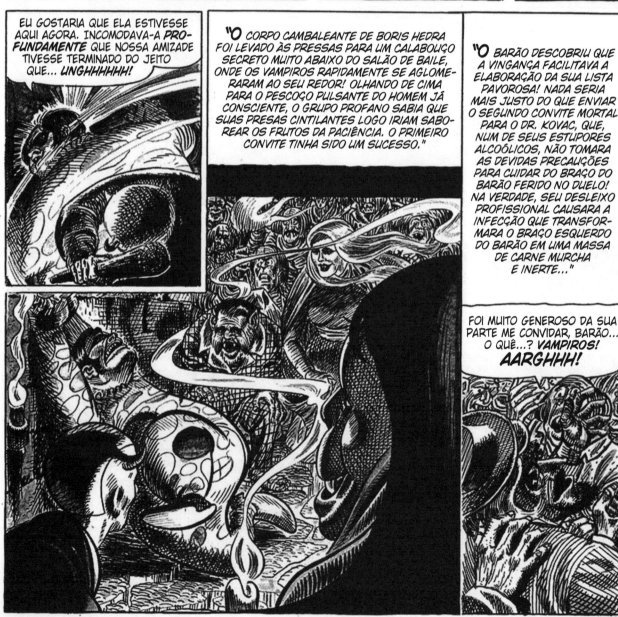

O FÃ-CLUBE DA CREEPY!

NOTA DO EDITOR: não atualizamos as informações biográficas para manter o conteúdo nostálgico do material.

Está na hora dos **FÃS MALÉVOLOS** de novo, **SEGUIDOR ALUCINADO!** Bem-vindo outra vez a esta **PÁGINA VIBRANTE** criada pelos **MEMBROS ABOMINÁVEIS** do meu clube...

No topo da agenda está a biografia deste mês de um dos nossos **DESENHISTAS DIABÓLICOS**... Desta vez, escolhemos **GRAY MORROW**. As suas repostas para o nosso questionário foram tão perfeitas que achamos que todos vocês, **CAMARADAS MALIGNOS**, poderiam apreciar o texto ainda mais se o deixássemos com as próprias palavras de Gray. A propósito, a foto abaixo não é a aparência normal do **MACABRO GRAY**... Às vezes, ele fuma um charuto!

"Eu nasci no dia 7 de Março de 1934, em Fort Wayne, Indiana, embora eu pareça me lembrar de ter 31 anos de idade a minha vida inteira... Menos quando me levanto pela manhã – aí, eu tenho 131. A minha mulher, Betty, e eu nos casamos em Nova York há uns 8 ou 9 anos Nós temos um filho, Randy, que tem 150 anos de idade. Ele acorda ainda mais cedo do que eu!"

"Quando finalmente me dei conta de que não tinha nascido para ser o Rei Arthur, Sam Spade ou Flash Gordon (acho que eu devia ter uns 31 anos na época), decidi que o melhor a se fazer então seria ilustrar as façanhas deles, assim eu poderia apreciá-los indiretamente, e não teria que crescer, afinal de contas. Um caso óbvio de desenvolvimento retardado. Através de um treinamento formal de arte, frequentei os cursos da C.F.F.A em Chicago em 1954, que eram ministrados por Jerry Warshaw, duas noites por semana durante dois meses. Apesar de tudo o que ele me ensinou, vim para Nova York para entrar na área dos quadrinhos assim mesmo. Tudo o que eu fiz para ganhar dinheiro com desenho, desde que fui embora de Fort Wayne, considero como treinamento informal."

"Meu primeiro trabalho profissional de arte envolveu a concepção e o processo de serigrafia em gravatas pintadas à mão durante as férias de verão da Northside High School. Mais tarde, em Chicago, atuei na área de publicidade. Meu primeiro trabalho em quadrinhos, em Nova York, foi ou uma história romântica para a Toby Press, ou adaptando "Conan e a Torre do Elefante" para uma editora cujo nome já não me lembro mais e que nunca publicou o trabalho. Essa foi a minha estreia nos quadrinhos. Num encontro da Sociedade de Cartunistas, conheci **WALLY WOOD**. Isso traduziu-se em fazer alguns desenhos a lápis para ele, que, por sua vez, me levou a conhecer **AL WILLIAMSON**, e mais do mesmo. Mais tarde, quebrei o gelo com a Marvel Group e tive meu reconhecimento. Isso foi interrompido por dois anos no limbo (ou serviço militar na Coreia). De volta em 1958, fiz trabalhos para a CRACKED e a CLASSIC COMICS no começo, depois outros títulos, incluindo a SICK. Eu já ilustrei uns 20 livros para a Bobbs-Merrill Cofas até o presente momento, intercalado com outros do mesmo gênero para editoras diferentes. Eu faço as capas e as ilustrações internas de quase todos os pulps de ficção científica e, mais recentemente, fiz capas de edições brochuras, basicamente para a Ace."

"Nenhum artista em especial se destaca como uma influência particular ou inspiração... Eu aprendi um pouco com todo mundo. Um elemento particularmente encorajador foi Gene Craig, que, hoje em dia, é o chargista político do Columbus Dispatch, e é o único artista que eu conheço que, literalmente, pode desenhar com as duas mãos. O tipo de trabalho que mais gosto de fazer é fantasia e ficção científica, mas, de uma maneira geral, tudo que ofereça escape ou estimule o senso de deslumbramento do leitor, de um faroeste até um thriller à la James Bond. Quanto aos passatempos... eu sei que a **CREEPY** não é exatamente o tipo de revista para a família, então talvez seja melhor pularmos para a próxima pergunta. Ambições? Ter mais tempo para dedicar aos meus passatempos!"

O belo traço de Gray e o evidente domínio de muitas e diferentes técnicas colocaram suas histórias entre as mais populares, a julgar pela quantidade monstruosa de cartas chegando aqui no calabouço. Capas ilustradas por Morrow já apareceram em duas revistas sobre monstros do cinema da Warren Publishing, **FAMOUS MONSTERS** e **MONSTER WORLD**, mas este mês marca a primeira vez que a sua arte agraciou uma de nossas revistas em quadrinhos. Nós nos perguntávamos se alguém poderia corresponder aos padrões exigentes estabelecidos pelo **SATÂNICO FRANK FRAZETTA** (que neste momento está trabalhando duro na capa da EERIE # 3), mas parece que o **ABOMINÁVEL MORROW** fez mais do que isso!

Quem está encarando vocês nesta imagem não é outro senão este que vos fala, o **TITIO CREEPY!** Esta sinistra semelhança é resultado da **TINTA PETRIFICANTE** do perverso membro do fã-clube # 777, Kirk Henderson de Dublin, Califórnia.

"O GRANDE DIA CHEGOU, QUANDO ENVIEI UMA CORRENTE ELÉTRICA ATRAVÉS DA FORMA ROBÓTICA RECÉM-CONSTRUÍDA..."

EVA! MINHA EVA! LOGO VOCÊ SERÁ CAPAZ DE ME ENTENDER!

ADAM E EVA LINK... HUUM... O INÍCIO DE UMA *RAÇA DE ROBÔS*... AJUDANDO A HUMANIDADE!

"KAY TEMPLE... AGORA A SRA. JACK HALL... ACEITOU ME AJUDAR NESSA EXPERIÊNCIA ÚNICA..."

ENTENDI! DEVO DAR A EVA O PONTO DE VISTA FEMININO!

ISSO, KAY! O DR. CHARLES LINK ME DEU O PONTO DE VISTA MASCULINO. ESTES CAPACETES DE *PES** IRÃO PROJETAR SEUS PENSAMENTOS NO CÉREBRO DE EVA!

(*) PERCEPÇÃO EXTRA-SENSORIAL.

"DIA APÓS DIA, KAY ENSINOU EVA..."

FLORES SEMPRE ALEGRAM UM LAR, EVA.

EU ME LEMBRAREI DISSO! ELAS SÃO TÃO BONITAS!

"O PROFESSOR HILLORY E EU FICAMOS DE LADO PARA NÃO ATRAPALHAR O PROCESSO. UM MÊS DEPOIS, A EDUCAÇÃO DE EVA FOI CONCLUÍDA..."

EVA, ESTE É ADAM LINK!

OUTRO ROBÔ, COMO EU! NÃO... ELE É, DE CERTO MODO, *DIFERENTE*!

"KAY FIZERA MUITO BEM O SEU TRABALHO, POIS ÉRAMOS COMO UM CASAL DE VERDADE... E, EM BREVE..."

EU TE AMO, ADAM!

É A NOSSA DICA PARA SAIRMOS E DEIXÁ-LOS A SÓS COMO DOIS AMANTES NORMAIS, PROFESSOR!

MONSTROS FAMOSOS FALAM
50 minutos de puro terror apresentados a você pelos editores da REVISTA FAMOUS MONSTERS!
VOCÊ É O DR. FRANKENSTEIN — porque só você pode trazer sua horrível criação de volta à vida... através da magia desta gravação de alta qualidade tão real quanto a morte! E mais! Você também irá trazer o Conde Drácula de volta à vida! Você irá ouvir este vampiro humano. Você quase poderá senti-lo quando ele estiver em seu encalço. Isto é um item de colecionador, disponível em edição limitada. Peça Hoje Mesmo! Apenas $ 1.98.

KARLOFF NARRA PARA VOCÊ: "CONTOS DE MISTÉRIO E IMAGINAÇÃO"
Só como Karloff sabe contar... "A LENDA DO CAVALEIRO SEM CABEÇA" e "RIP VAN WINKLE". Uma gravação inédita do mestre da narrativa de horror e mistério. Em meio a todo o poder apavorante da sua voz, com o arrepiante pano de fundo repleto de efeitos sonoros especiais, você vivencia os maiores contos clássicos de terror do cavaleiro sem cabeça. O terror habita a noite e você fica no seu quarto e ouve os sons, e talvez, se olhar pela sua janela, veja de relance o cavaleiro noturno que perambula pelo interior. Apenas U$ 1.98.

QUEM QUER PESADELOS? Você já ouviu gravações em tom humorístico... bem, esta aqui tem um TOM HORRIPILANTE. Uma narração assustadora das histórias de Edgar Allan Poe. O POÇO E O PÊNDULO é capaz de abalar seus nervos, mas espere só até você ouvir O CORAÇÃO DELATOR — as história mais aterrorizantes de Poe. Apenas $ 1.98.

Música bizarra e efeitos sonoros arrepiantes criados para 12 cenas assustadoras. CASA MAL-ASSOMBRADA — rangidos, pancadas & ruídos estranhos; FEITIÇARIA — tema musical sobrenatural; PULSAÇÃO, FEBRE DA SELVA, A LONGA CAMINHADA e outros. Disco LP. Apenas $ 3.98.

HORROR — O FILHO DO PESADELO; um conto de terror clássico narrado em tons sinistros com o tipo certo de fundo musical. De fato, ouvir esta história na sua própria casa será o bastante para fazer você morrer de medo. Seu sangue vai gelar nas veias com o conto do O GATO PRETO, de EDGAR ALLAN POE. Apenas $ 1.98.

Um conto de horror terrível, fantasmagórico, arrepiante e atordoante que vai encher você de MEDO, escrito pelo mestre das histórias arrepiantes — Edgar Allan Poe. Você se lembrará de "A CASA DE USHER" (seu conto mais famoso) com calafrios na espinha sempre que ficar sozinho em uma rua deserta! Uma narração sinistra de Richard Taylor. Por apenas $ 1.98.

HISTÓRIAS CÉLEBRES DE FANTASMAS E TERROR lidas por Nelson Olmstead, a famosa voz sinistra do rádio. Inclui O SINALEIRO de Charles Dickens; O PÉ DA MÚMIA, O QUE FOI?, O TÚMULO VAZIO, UM INCIDENTE NA PONTE DE OWL CREEK e outras. Apenas $ 4.98.

Toda quarta-feira à noite no final dos anos 1930 e começo dos anos 1940, quando o rádio reinava, as luzes ficavam acesas na minha casa e o rádio era sintonizado em um programa chamado "LUZES APAGADAS", dirigido por Arch Oboler, cujo talento especial aterrorizava a população norte-americana com essa célebre série de rádio tenebrosa. Aqui há uma amostra desse pioneiro do terror e suspense que jamais foi igualado. Por apenas $ 5.98.

CONTOS DE TERROR CLÁSSICOS que farão você se arrepiar de medo. Prepare-se para uma ação alucinada quando você ouvir essas narrações apavorantes escritas pelo mestre do macabro, Edgar Allan Poe. A MÁSCARA DA MORTE RUBRA e O ENTERRO PREMATURO estão entre os melhores e mais pavorosos contos reunidos aqui. Apenas $ 1.98.

Um disco alucinante de SPIKE JONES apresentando DRÁCULA, VAMPIRA & O MÉDICO LOUCO, em NEUROCIRURGIÃO ADOLESCENTE, O BAILE DOS MONSTROS DO CINEMA, O LAMENTO DE FRANKENSTEIN, MINHA ANTIGA PAIXÃO, além de outros temas gravados especialmente para enlouquecer você com gargalhadas macabras. Disco LP. Apenas $3.98.

Apresenta temas e efeitos sonoros dos seguintes filmes: A CASA DE FRANKENSTEIN — O HORROR DE DRÁCULA — O FILHO DE DRÁCULA — O MONSTRO DA LAGOA NEGRA — A VINGANÇA DO MONSTRO DA LAGOA NEGRA — GUERRA ENTRE PLANETAS — O TEMPLO DO PAVOR — À CAÇA DO MONSTRO — FÚRIA DE UMA REGIÃO PERDIDA — A AMEAÇA QUE VEIO DO ESPAÇO — TARÂNTULA — O INCRÍVEL HOMEM QUE ENCOLHEU. $ 3.98.

TERROR INSÓLITO COM A TRADIÇÃO DA CREEPY!

Criado exatamente para você — a mais espetacular meia-hora de gravação quando FORREST J. ACKERMAN viaja no tempo até o Século 21 para trazer de volta Música para Robôs. FJA fala com VOCÊ por 18 minutos em uma narrativa eletrizante sobre RUR, Tobor, Gort, Robby, Jules Verne, Edgar Allan Poe, o metálico Frankenstein. Ouça efeitos multissônicos esquisitos, melodias eletrônicas criadas para ouvidos de androides! Apenas $ 1.98.

Uma gravação em vinil da famosa transmissão original de Orson Welles que provocou histeria em massa em Nova York e Nova Jersey. As pessoas saíram de suas casas — todas as rodovias estavam congestionadas, e nunca antes os indivíduos de todas as camadas sociais sentiram tanta angústia como naquela noite. A transmissão original ocorreu na noite de 30 de Outubro de 1938. É um item raro de colecionador! Apenas $ 5.98.

POR FAVOR, ENVIEM-ME O QUANTO ANTES OS SEGUINTES

☐ MONSTROS FAMOSOS FALAM; $ 1.98 mais $ 0.25 para postagem e manuseio.
☐ CONTOS DE MISTÉRIO E IMAGINAÇÃO; $ 1.98 mais $ 0.25 para postagem e manuseio.
☐ PESADELO; $ 1.98 mais $ 0.25 para postagem e manuseio.
☐ CHOQUE; $ 3.98 mais $ 0.25 para postagem e manuseio.
☐ HORROR; $ 1.98 mais $ 0.25 para postagem e manuseio.
☐ A CASA DO ESPANTO; $ 1.98 mais $ 0.25 para postagem e manuseio.
☐ SUSTO MORTAL; $ 5.98 mais $ 0.25 para postagem e manuseio.
☐ TERROR; $ 1.98 mais $ 0.25 para postagem e manuseio.
☐ SPIKE JONES EM HI-FI; $ 3.98 mais $ 0.25 para postagem e manuseio.
☐ NÃO DURMA MAIS; $ 4.98 mais $ 0.25 para postagem e manuseio.
☐ TEMAS DE FILMES DE TERROR; $ 3.98 mais $ 0.25 para postagem e manuseio.
☐ MÚSICA PARA ROBÔS; $ 1.98 mais $ 0.25 para postagem e manuseio.
☐ GUERRA DOS MUNDOS; $ 5.98 mais $ 0.25 para postagem e manuseio.

NOME..................
ENDEREÇO..................
CIDADE..................
ESTADO.................. CEP..................

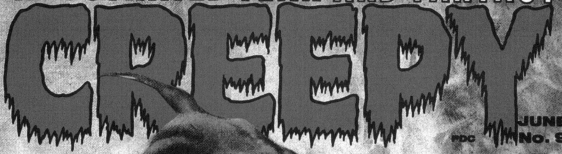

Capa de **CREEPY** # 9, publicada originalmente em Junho de 1966.

Nº 9

PUBLISHER: James Warren

ASSISTENTE DO PUBLISHER: Richard Conway **EDITOR ORIGINAL:** Archie Goodwin **CAPA:** Frank Frazetta
ARTISTAS: Eugene Colan, Reed Crandall, Steve Ditko, Frank Frazetta, Gray Morrow, Joe Orlando, John Severin, Jay Taycee, Angelo Torres, Alex Toth, George Tuska, Al Williamson, Wallace Wood

ÍNDICE

CONHECIMENTOS TORPES
A APRENDIZAGEM CHOCANTE DO SEU PROFESSOR MONSTRENGO FAVORITO..................182

REINO SOMBRIO
UM HOMEM LUTA SOZINHO NUM LUGAR REPLETO DE PERIGOS..................183

O CASTELO DA CHARNECA
A MORTE FURIOSA ESPREITA TURISTAS EM UMA ANTIGA PROPRIEDADE..................192

A VINGANÇA DE ADAM LINK
A MARAVILHA MECÂNICA SE RECUPERA PARA A BATALHA DO SÉCULO..................198

O FÃ-CLUBE DA CREEPY
ALEX TOTH É O DESTAQUE DO FESTIVAL FRENÉTICO DE FÃS DESTE MÊS..................206

ESTRESSADO
O ARTISTA DE TERROR ALLAN WALLACE DESCOBRE QUE ANDA TRABALHANDO DEMAIS..................207

O CAIXÃO DE DRÁCULA
NOSSA CONCLUSÃO BRUTAL TALVEZ ENLOUQUEÇA O PESSOAL..................213

FIM DA LINHA
UM ASSASSINO VOLTA AO PASSADO – OU NÃO?........221

O ESPÍRITO DA COISA
EXPERIÊNCIAS COM TRANSFERÊNCIA DE PENSAMENTO PODEM TER GRAVES CONSEQUÊNCIAS..................228

MACACOS GIGANTES? HOMENS-MACACOS? EM AMBOS OS CASOS, OS RESULTADOS PARECEM SER **ABOMINÁVEIS**, COMO PODEREMOS AVERIGUAR GRAÇAS AOS...

CONHECIMENTOS TORPES DA CREEPY!

CRÂNIOS E OSSOS ENCONTRADOS NO SUDESTE ASIÁTICO INDICAM QUE UMA RAÇA DE HOMENS-MACACOS GIGANTES HABITOU A ÁREA HÁ 300 OU 400 MIL ANOS! NÃO TÃO ADAPTÁVEIS COMO O HOMEM, ELES FORAM EXTINTOS... OU SERÁ QUE HOUVE SOBREVIVENTES?

JÁ EM 1887, AS PEGADAS ESQUISITAS DE ALGUMA COISA (NÃO ERAM DE UM MACACO, NEM DE UM HOMEM) FORAM ENCONTRADAS NA CORDILHEIRA DO HIMALAIA... E AINDA EM 1958, A EXISTÊNCIA DE SINAIS SIMILARES FOI RELATADA POR NATIVOS NAS SELVAS DE SUMATRA E JAVA.

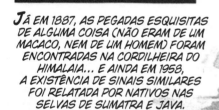

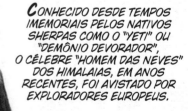

CONHECIDO DESDE TEMPOS IMEMORIAIS PELOS NATIVOS SHERPAS COMO O "YETI" OU "DEMÔNIO DEVORADOR", O CÉLEBRE "HOMEM DAS NEVES" DOS HIMALAIAS, EM ANOS RECENTES, FOI AVISTADO POR EXPLORADORES EUROPEUS.

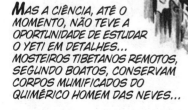

MAS A CIÊNCIA, ATÉ O MOMENTO, NÃO TEVE A OPORTUNIDADE DE ESTUDAR O YETI EM DETALHES... MOSTEIROS TIBETANOS REMOTOS, SEGUNDO BOATOS, CONSERVAM CORPOS MUMIFICADOS DO QUIMÉRICO HOMEM DAS NEVES...

...MAS ENQUANTO ESSA REGIÃO NÃO SE ABRIR DE NOVO AO OCIDENTE, NOVOS ESTUDOS SOBRE OS HOMENS-MACACOS GIGANTES DEVEM SER CONSIDERADOS ESPECULATIVOS.

Arte de ROY G. KRENKEL

PREPARE-SE, *LEITOR FANÁTICO*... ESTOU VOLTANDO AS PÁGINAS DA *HISTÓRIA DO HORROR* ATÉ UMA ÉPOCA DE GRANDES HERÓIS E PERIGOS AINDA MAIORES! O ANO É 500 A.C., E VOCÊ ESTÁ PRESTES A SE JUNTAR A UM DOS MAIS PODEROSOS GUERREIROS GREGOS QUANDO ELE SE VÊ ENCURRALADO.

AS BRUMAS DA INCONSCIÊNCIA SE DISSIPARAM LENTAMENTE... ARGOS, O ESPARTANO DESPERTOU... O CONFLITO E O ESTRONDO DA BATALHA QUE OUTRORA ECOAVAM EM SEUS OUVIDOS HAVIAM SUMIDO! ELE PODIA SENTIR AS TÁBUAS IRREGULARES SOB SEU CORPO MACHUCADO, O SOM DE ÁGUA CORRENTE ESTAVA PRÓXIMO, E UMA NEBLINA ÚMIDA ENVOLVIA O...

REINO SOMBRIO!

Roteiro de ARCHIE GOODWIN • Arte de GRAY MORROW

ESTA PLANTA COME MESMO INSETOS E PEDAÇOS DE CARNE!

PAPA-MOSCAS DE VÊNUS

$ 1.00 PELA PLANTA CASEIRA MAIS INSÓLITA DO MUNDO!

UMA LINDA PLANTA! A PAPA-MOSCAS DE VÊNUS é excepcionalmente bela! Ela revela adoráveis flores brancas com hastes de 30cm. Suas folhas verde-escuras são munidas de delicadas armadilhas rosadas — é colorida e incomum!

COME MOSCAS E INSETOS! Cada armadilha rosada contém um bocado de néctar. É essa cor e doçura que atrai o inseto incauto. Quando ele entra na armadilha, ela se fecha. Sucos digestivos, então, dissolvem a refeição. Quando o inseto é completamente absorvido, a armadilha reabre e graciosamente aguarda outro inseto!

ALIMENTE-A COM CARNE CRUA! Se não há insetos na sua casa, você pode alimentar as armadilhas com pequenas fatias de carne crua. A planta vai florescer com tal iguaria. Quando não houver comida para as armadilhas, a planta se alimentará normalmente através do seu sistema radicular.

FÁCIL DE CULTIVAR! Os bulbos da PAPA-MOSCAS DE VÊNUS crescem particularmente bem dentro de casa. Eles florescem em vasilhas de vidro e desenvolvem armadilhas de 3 a 4 semanas. Cada pedido inclui 3 PAPA-MOSCAS, mais MATERIAL ESPECIAL PARA CULTIVO, embalados num saco plástico. Por apenas $ 1.00.

ADMIRADA PELO FAMOSO BOTÂNICO E EXPLORADOR CHARLES DARWIN!

Em 1875, o Prof. Darwin escreveu: "Essa planta, comumente chamada de "Papa-moscas de Vênus", graças à rapidez e força de seus movimentos, é uma das maiores maravilhas do mundo... É surpreendente como um pouquinho de carne ligeiramente úmida produzirá esses... efeitos. Parece pouco provável e, no entanto, com certeza é um fato."

Não aceitamos pedidos do Canadá — só dos EUA.

Insetos distraídos tocam cerdas sensoriais, disparando a armadilha. Então a planta dissolve e digere o inseto. A armadilha vai abocanhar (mas NÃO arrancar) mais do que pode mastigar — como um dedo ou um lápis. Em alguns dias, depois de comer um inseto, a planta vai reabrir para se alimentar de novo.

☐ Contém $ 1.00, mais $ 0.25 de manuseio e envio, para 3 PAPA-MOSCAS E MATERIAL ESPECIAL PARA CULTIVO. Rápido!!

☐ Contém $ 1.75, mais $ 0.25 de manuseio e envio, para 6 PAPA-MOSCAS E MATERIAL ESPECIAL PARA CULTIVO.

NOME _____

ENDEREÇO _____

CIDADE _____ ESTADO _____

O HORRENDO HERMAN — DESAFIA VOCÊ A OLHAR DENTRO DA CAIXA!

O QUE HÁ NESTA CAIXA? Só você sabe e você pode desafiar qualquer um a olhar. É o HORRENDO HERMAN, o asqueroso e aterrador INSETO ASIÁTICO. Tem um corpo peludo, cabeça escamosa, olhos vermelhos, gavinhas gêmeas. Sem dúvida "mata" as pessoas que dão uma olhada. Você também pode fazê-lo erguer e mover a cabeça dele. Apenas $ 0.75 mais $ 0.25 para postagem e manuseio.

PÉ DE MONSTRO!

DÊ UM PASSO À FRENTE com um grotesco PÉ DE MONSTRO! Crie uma grande confusão ao estilo dos monstros. Tamanho grande; feito de borracha de látex durável; pintado de forma vibrante. É calçado por cima do sapato. Preço total apenas $ 1.50 cada pé; $ 3.00 pelo par completo, mais $ 0.25, por pé, para postagem e manuseio.

MÃO DE MONSTRO!

NINGUÉM NUNCA VIU GARRAS ASSIM! Pavorosas mãos de monstro que você usa para cobrir as suas mãos, como luvas bizarras. Acomodadas dentro de um casaco ou de mangas de camisa, as mãos parecem horrivelmente naturais. Divirta-se e comece a aprontar com as suas próprias mãos de monstro. $ 1.50 por 1 mão; $ 3.00 pelo par. Acrescente $ 0.25 por mão para postagem e manuseio.

ESQUELETO HUMANO!

É ASSIM QUE SOMOS POR DENTRO???

VOCÊ NÃO PODE ANDAR POR AÍ SACUDINDO SEUS OSSOS. A melhor opção para isso é este ESQUELETO HUMANO. Um modelo de trinta centímetros de altura, reduzido de um homem com 1,80m; feito de resina plástica flexível em COR NATURAL. Sem colagem, sem pintura: as partes se encaixam. Inclui Mapa de Anatomia Gratuito. Apenas $ 1.00, mais $ 0.25 para envio e manuseio.

TENHA SUA PRÓPRIA MOSCA MONSTRO!

- MAIS DE 20 CM DE COMPRIMENTO!
- GRUDA EM QUALQUER LUGAR!
- SIMPÁTICA E ASSUSTADORA!
- ASSUSTA TODO MUNDO!

Criada especialmente para os leitores da revista FAMOUS MONSTERS. Realista, tamanho de 20cm; com asas transparentes, olhos rubros, pernas pretas flexíveis, corpo verde, veias escuras. Uma ventosa de borracha no nariz permite à MOSCA MONSTRO grudar em qualquer coisa, a qualquer hora e em qualquer lugar. Quer criar uma Sensação Monstruosa? Peça sua MOSCA MONSTRO agora mesmo. Apenas $ 1.98, mais $ 0.25 para envio e manuseio.

UAU! OLHA LÁ NA PAREDE!

O "MORCEGO DE BORRACHA" DO DRÁCULA!

SE É VERDADE que as pessoas têm medo de morcegos, você vai se divertir à beça quando elas derem de cara com este aqui. O MORCEGO DE BORRACHA DO DRÁCULA é tão real que pode até assustar você. Uma ventosa possibilita fixá-lo na parede, armários, cercas, camas etc. Aí divirta-se enlouquecendo o pessoal de medo. Apenas $ 0.75, mais $ 0.25 para postagem e manuseio.

COBRA GIGANTE DE BORRACHA DE 3 METROS!

ENROLE-SE com esta COBRA DESLIZANTE e as pessoas vão admirar a sua coragem. Trata-se de uma enorme cobra de borracha de 3 metros, que pode ser enchida de ar e se enrolar toda. É ótimo para enganar as pessoas; e será ainda mais divertido na hora de nadar, pois também serve para boiar. Apenas $ 1.98, mais $ 0.25 de postagem e manuseio.

191

*HEHEHEH! TUDO PRONTO PARA MAIS UM ESPETÁCULO NA BIBLIOTECA DO TITIO CREEPY? BEM, VAMOS ENTRANDO ENTÃO... E TRANQUE A PORTA! VOCÊ CHEGOU BEM A TEMPO DE PARTICIPAR DE UMA **EXPERIÊNCIA VERDADEIRAMENTE ATERRORIZANTE** DURANTE UMA EXCURSÃO PARA*

O CASTELO DA CHARNECA!

SOMBRIO E TACITURNO, O CASTELO EVERLEIGH SE ERGUE EM UM SILÊNCIO SINISTRO CONTRA O CÉU ESCURO DO ENTARDECER DE INVERNO. A CHARNECA ÁRIDA E DESERTA, ESPALHANDO-SE EM TODAS AS DIREÇÕES A QUILÔMETROS DE DISTÂNCIA DA CIVILIZAÇÃO, SUSCITAVA VÁRIAS QUESTÕES SOBRE O PORQUÊ DE UM CASTELO, BEM AQUI, EM UMA ÁREA TÃO REMOTA, MAS OS DIVERSOS MOTIVOS DA SUA CONSTRUÇÃO JAZEM PROFUNDAMENTE ENTERRADOS NO PASSADO E NÃO TÊM UM VERDADEIRO SIGNIFICADO PARA OS CIDADÃOS DO PRESENTE. LORDE EVERLEIGH, UM ORGULHOSO DESCENDENTE DE UMA NOBRE LINHAGEM HISTÓRICA, NÃO TEM OUTRA ESCOLHA A NÃO SER FICAR AQUI, ESQUECIDO DENTRO DE UM IMPRESTÁVEL MONTE DE PEDRAS IRREGULARES E ARGAMASSA, SITIADO POR SER O HERDEIRO DE UM FARDO ECONÔMICO, UMA PROPRIEDADE QUE NÃO PODE VENDER NEM MUITO MENOS MANTER. UM FARDO QUE SÓ LHE PERMITE GANHAR A VIDA A DURAS PENAS AO PENDURAR UMA PLACA NA PORTA DA FRENTE COM OS DIZERES... "CASTELO EVERLEIGH. VISITAS GUIADAS DIARIAMENTE."

A CARRUAGEM ESTACIONOU DIANTE DOS AMPLOS DEGRAUS DO CASTELO EVERLEIGH, E DELA DESEMBARCARAM SEUS CINCO PASSAGEIROS. CINCO TURISTAS DA CIDADE MAIS PRÓXIMA, A QUARENTA E TRÊS QUILÔMETROS DE DISTÂNCIA, TODOS ESTRANHOS ENTRE SI HÁ ALGUMAS HORAS, E AGORA UM CURIOSO GRUPO DE CONHECIDOS, PARADOS TIMIDAMENTE DIANTE DOS MUROS IMPONENTES, ESPERANDO COM PACIÊNCIA, EXPECTATIVA E NERVOSISMO... ATÉ OS MINUTOS SE PASSAREM E LORDE EVERLEIGH APARECER À PORTA DE ENTRADA...

SEJAM BEM-VINDOS, MEUS AMIGOS! QUE BOM QUE VIERAM! EU SOU LORDE EVERLEIGH, SEU ANFITRIÃO E GUIA NAS PRÓXIMAS HORAS. COMEÇAREMOS IMEDIATAMENTE A EXCURSÃO. POR FAVOR... ENTREM.

Roteiro e Arte de JAY TAYCEE

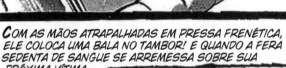

NOTA DO EDITOR: não atualizamos as informações biográficas para manter o conteúdo nostálgico do material.

O FÃ-CLUBE DA CREEPY!

Entrem no calabouço, **SEGUIDORES ALUCINADOS** (Não escorreguem no limo!), acomodem-se na roda de tortura e preparem-se para a crepitante seção deste mês do meu **FÃ-CLUBE DEMONÍACO**...

Logo de cara (e cuidado com sua carótida!), vamos dar um mergulho eletrizante na biografia do nosso artista desta edição fantasmagórica. Este sujeito robusto aí embaixo é **ALEXANDER TOTH**. Seu traço notável e o infernal senso de concepção fizeram do **ALARMANTE TOTH** um dos artistas desvairados favoritos tanto entre os fãs, como entre seus próprios colegas de profissão.

Nascido no dia 25 de Junho de 1928 na cidade de Nova York, Alex entrou aos poucos na área dos quadrinhos, aos 16 anos, em esquema de meio-período e freelancer, enquanto frequentava a School of Industrial Arts. Depois de se formar em 1946, ele ganhou uma oportunidade do então editor Sheldon Mayer, da National Comics (DC). Ele ficou lá até 1952, desenhando personagens como **LANTERNA VERDE**, **SIERRA SMITH** e **JOHNNY PERIL**, além de aparições em **STRANGE ADVENTURES**, **DANGER TRAILS**, **MYSTERY IN SPACE** e muitas das outras revistas da editora. De lá, Alex foi para a Standard Comics, estimulando as imaginações com sua abordagem finamente elaborada para as revistas em quadrinhos de guerra, ficção científica e romance que eles publicavam.

Convocado em 1954, nem mesmo um cargo administrativo na PE manteve Alex afastado da prancheta de desenho... Ele fez a edição de arte do jornal do posto militar em Tóquio, e criou e escreveu um premiada historieta de aventuras para o periódico, o que acabou levando-o a receber funções ligadas à informação e classificação no posto. Uma das suas experiências de serviço mais inesquecíveis foi encontrar e entrevistar o comandante dos Tigres Voadores, General Claire Lee Chennault!
Depois de dar baixa em 1956, Alex fixou residência em Los Angeles, primeiro fazendo freelances. Em seguida, foi contratado pela Whitman Publishing Co., desenhando para a Dell Comics, onde, durante 5 anos, criou muitas das adaptações de filmes e seriados para os quadrinhos da editora. Depois disso, houve outro período de freelances, que o levou aos desenhos animados para TV... como diretor de arte da série **ANJO DO ESPAÇO**, que durou dois anos, com cinco episódios por semana de 5 minutos! A nova mídia era ideal para trabalhos ao estilo dos quadrinhos de aventura, e uma inovação bem-vinda para Alex! Além de outros projetos nessa área (como **JONNY QUEST** da Hanna-Barbera), ele também se dedicava às publicações em preto e branco como **DRAGtoons**, **CARtoons** e **HOT ROD cartoons**, todas revistas em quadrinhos populares dedicadas ao humor automobilístico. Nessa época, o **TITIO CREEPY** estendeu suas garras para arrastar Alex até nosso calabouço e, desde então, a **CREEPY**, a **EERIE** e a **BLAZING COMBAT** ficaram muito mais empolgantes.
Uma das maiores ambições de Alex é dirigir filmes "de verdade": "As minhas histórias em quadrinhos sempre foram um jeito de eu revelar a minha inclinação para técnicas de continuidade cinematográfica, e, felizmente, elas me levaram a trabalhar com cinema depois de muitos anos! Diretores estrangeiros (e nosso Hitchcock) planejam antecipadamente seus filmes através de *storyboards* e atribuem muitas de suas técnicas de filmagem e enquadramento às histórias em quadrinhos! O que reforça a ideia de como toda a mídia de continuidade visual é interligada e transponível! Eu planejo explorar isso mais a fundo, implementando mais do mesmo..."
Sua maior influência artística tem sido um homem que inspirou um bocado de gente, incluindo Milton Caniff, Frank Robbins, Mel Graff e muitos outros: **NOEL SICKLES**, o criador da historieta moderna de ritmo cinematográfico (Scorchy Smith, 1935-37; conhecido como Ás Smith no Brasil), que, desde então, saiu da área de quadrinhos para se tornar um dos mais importantes ilustradores editoriais da atualidade. Além dos cartunistas citados acima, outras influências foram Fred Kida, Dan Barry, Mort Meskin, Jerry Robinson, Ogden Whitney etc, e, também, Albert Dorne, Robert Fawcett e Austin Briggs.
Os seus passatempos incluem fotografia, aviação, modelismo de carros, relatos de avistamentos de discos voadores e colecionismo (câmeras, livros, revistas, modelos de carros e aviões), além de ler sobre todos os temas acima, e mais uma outra porção de coisas.
Com tantos interesses e ambições, nós, às vezes, nos perguntamos como Alex continua a produzir os trabalhos envolventes que regularmente recebemos dele... talvez seja o ar da Califórnia, mas bem provavelmente é aquele ingrediente secreto que todos os nossos contratados possuem... **TALENTO!**

A **REUNIÃO MACABRA** que se desenrola abaixo é o resultado vibrante da imaginação assustadoramente fértil do diabólico membro do fã-clube # 520, **BERNI WRIGHTSON** de Baltimore, Maryland. Berni não mencionou se isso foi um esboço feito em vida... ou em **MORTE**! Pela aparência da lápide no canto direito, vai saber, não é mesmo? Do jeito que vocês, **ASSOCIADOS RASTEJANTES**, estão despejando histórias e arte, talvez tenhamos que expandir as acomodações para organizar as suas alucinantes contribuições.

PRÓLOGO: *O CONDE DRÁCULA ESTÁ MORTO! ELIMINADO POR JONATHAN HARKER E SEUS AMIGOS... OS QUAIS ARRISCARAM AS PRÓPRIAS VIDAS PARA IMPEDIR QUE A ESPOSA DELE, MINA, FOSSE TRANSFORMADA EM UMA VAMPIRA PELO PRÍNCIPE DOS MORTOS-VIVOS!*

MAS O ESPÍRITO DO CONDE AINDA SE ESCONDE NAS CINZAS E NA TERRA DO CAIXÃO, À ESPERA DE UM CORPO PARA USAR COMO HOSPEDEIRO... A OPORTUNIDADE SURGE QUANDO O JOVEM E PERDULÁRIO ADRIAN VARNEY DEITA-SE DENTRO DO CAIXÃO PARA FAZER GRAÇA...

*CONTROLADO PELO ESPÍRITO DE DRÁCULA, LORDE VARNEY VISA OS ANTIGOS OBJETIVOS DO CONDE... PRIMEIRO, RAPTANDO MINA HARKER! MAS OS PODERES DE DRÁCULA SÓ PODEM SE DESENVOLVER PLENAMENTE SE VARNEY VIRAR UM **VAMPIRO**... ATÉ LÁ, MINA FICARÁ A SALVO...*

*CIENTE DISSO, JONATHAN, AUXILIADO PELOS DOUTORES VAN HELSING E SEWARD, VIAJA ÀS PRESSAS PARA O LITORAL, ONDE CORREM BOATOS SOBRE A EXISTÊNCIA DE UM VAMPIRO, NA ESPERANÇA DE DESTRUIR A CRIATURA ANTES QUE ELA AJUDE VARNEY A SE TORNAR UM **MORTO-VIVO**!*

NOVO! MONSTROS "PASSADOS A FERRO"

O jeito mais novo de "monsterizar" suas camisas, camisetas, moletons, jeans, jaquetas, cadernos – qualquer coisa! Todos os adesivos de monstros são COLORIDOS, tem 27,5cm de altura e 19cm de comprimento, e é totalmente lavável. Pode ser decalcado em tecidos de algodão, linho ou lã. É só pôr o ferro quente em cima do desenho do monstro – e a imagem automaticamente é transferida para sua camisa, jaqueta etc. Qualquer dupla de "monstros" – por apenas $ 1,00.

DRÁCULA — FRANKENSTEIN

MONSTRO DA LAGOA NEGRA — FANTASMA DA ÓPERA

LOBISOMEM — MÚMIA

Você pode escolher 2 "monstros passados a ferro", à vontade, por apenas $ 1,00, mais $ 0.25 de postagem e manuseio.

CAPTAIN CO., DEPTO. C-5 CP 6573

USE ESTE CUPOM PARA ENCOMENDAR A GUILHOTINA DA CÂMARA DE HORRORES

CAPTAIN CO., DEPTO. C-5 CP 6573

Enviem-me a Guilhotina da Câmara de Horrores, pela qual incluo $ 0.98 mais $ 0.25 de taxas de envio. Devolução do dinheiro garantida.

Nome ....

Endereço ....

A CENA MAIS APAVORANTE DE FILME DE TERROR JÁ FEITA!
O FANTASMA DA ÓPERA ORIGINAL
LON CHANEY

A atuação original de Lon Chaney no filme FANTASMA DA ÓPERA é considerado como um dos melhores clássicos do cinema mudo. Agora – pela primeira vez na história – você pode exibir na sua própria casa os famosos 2m45s do filme com a eletrizante "cena do desmascaramento" que ocorre quando Mary Philbin arranca a máscara do rosto do Fantasma no calabouço subterrâneo sob a casa de ópera! Mostrando pela primeira vez o rosto medonho e grotesco do Fantasma – interpretado por Lon Chaney, usando a extraordinária maquiagem que criada só para esse filme!

15m (8mm) $ 4.95   30m (16mm) $ 5.95

Mais $ 0.25 de postagem manuseio.

CAPTAIN CO., DEPTO. C-4 CP 6573

O MONSTRO DENTRO DA CAIXA!

Lá está a coisa – a MISTERIOSA CAIXA PRETA METÁLICA -, silenciosa, sinistra e à espera de algo. Você empurra o interruptor para "LIGA". Imediatamente ecoa um rangido potente e horrível quando a CAIXA começa a pular como se contivesse um MONSTRO escondido. Então, a tampa se levanta devagarzinho... e de dentro da CAIXA surge uma apavorante e sinistra MÃO VERDE. A MÃO VERDE pega o interruptor, coloca-o na posição "DESLIGA" e velozmente desaparece de novo no interior da CAIXA. A tampa se fecha – e tudo volta a ficar em silêncio! Uma vez visto, nunca mais se esquece. É o objeto mais assombroso e enlouquecedor que você já observou na vida!

Por apenas $ 4.95, mais $ 0.25 de postagem e manuseio.

CAPTAIN CO., DEPTO. C-4 CP 6573

ESQUELETO HUMANO

as partes se encaixam – nada de cola – nada de pintura!
FICA EM TODAS AS POSIÇÕES
Inclui Mapa de Anatomia!

Eis aqui a criatura interespacial que dará a todos uma oportunidade maravilhosa de fazer pessoas sensíveis gritarem de susto. Este modelo de altura real (reduzido de um homem com 1,80m) é feito de resina plástica flexível em COR NATURAL. As partes se encaixam conforme o mapa de anatomia educativo que nomeia os ossos principais; até mesmo uma clavícula vira diversão!

ESQUELETO HUMANO... $ 1.00, mais $ 0.25 de postagem e manuseio.

CAPTAIN CO., DEPTO. C-4 CP 6573

O ESPÍRITO DA COISA!

ARRASTE SEU *CORPO BESTIAL* ATÉ A MESA DE AUTÓPSIA MAIS PRÓXIMA E DÊ UMA BOA ESTICADA... ESTOU PRONTO PARA UMA *MARCHA APAVORANTE!* PORTANTO SIGA O EXEMPLO DADO PELO HERÓI DESTE CONTO, E SIMPLESMENTE PEGUE...

Durante uma das noites mais quentes do verão passado, um estranho vulto foi avistado caminhando pela Rua 17 Oeste em Manhattan... Cambaleando desajeitadamente e, por fim, galgando com grande esforço os degraus de uma pensão localizada no quarteirão...

A subida do desconhecido pelas escadas ressecadas foi ruidosa, mas as testemunhas lembraram-se que trilhas de lama e terra úmida tinham sido deixadas para trás nos degraus.

EI, VOCÊ BEBEU? OLHA O BARULHO!

Com enorme dificuldade, o vulto encapotado, finalmente, chegou ao quarto do sótão, alugado por um estudante universitário, Michael Rogers... Ele começou a esmurrar e bater incessantemente na porta!

PARE COM ISSO AGORA, OU CHAMO O ZELADOR!

Roteiro de ARCHIE GOODWIN • Arte de STEVE DITKO

"EU ESTAVA PRESO! CONDENADO A VAGAR PELA ETERNIDADE NAQUELE LIMBO TENEBROSO ATÉ ME DISSOLVER E FAZER PARTE DAQUILO... PRESO... CONDENADO... SEM UM CORPO..."

"NÃO SEI QUANTO TEMPO FIQUEI FLUTUANDO NAQUELE LIMBO DE SOMBRAS E NÉVOA, MAS, ENTÃO, ME OCORREU..."

UM *CORPO!* UM CORPO INANIMADO QUE POSSO USAR!

"MAIS TEMPO SE PASSOU ENQUANTO EU PROCURAVA... MAS EU TINHA VONTADE... DETERMINAÇÃO... E, UMA HORA..."

"...ENCONTREI O QUE EU QUERIA!"

"NÃO FOI FÁCIL, MAS AGORA EU TINHA UM CORPO, E DEVAGAR, MAS COM SEGURANÇA, A ABOMINÁVEL COISA APODRECIDA COMEÇOU A FUNCIONAR PARA MIM!"

FORÇA...

FORÇA...!

PRONTO!

DESENHE QUALQUER PESSOA EM UM MINUTO!

SEM TALENTO! SEM LIÇÕES!

Sim, todos podem desenhar, esboçar ou pintar qualquer coisa agora... na primeira vez que você usar o "Reprodutor de Arte Mágico" como um artista profissional – por mais inútil que você se considere! Você pode criar um desenho original perfeito que todo mundo vai pensar que foi feito por um artista. Utilize-o sobre qualquer escrivaninha, mesa, placa etc – em ambientes internos ou externos! Divirta-se! Fique famoso! Todos vão querer que você faça um desenho deles. Depois de um curto período, você pode acabar descobrindo que sabe desenhar bem sem o "Reprodutor de Arte Mágico", porque você revelou um "dom" e um sentimento inerentes aos artistas – o que pode resultar em uma carreira artística bem remunerada.

- FIGURAS HUMANAS
- CENÁRIOS EXTERNOS – PAISAGENS, EDIFÍCIOS
- NATUREZA MORTA – VASOS, BACIAS DE FRUTA, FLORES, LUMINÁRIAS, MÓVEIS
- CÓPIA DE FOTOS, OUTROS DESENHOS DE REVISTAS EM QUADRINHOS, MAPAS, PLANTAS
- CÓPIA DE PROJETOS DE MODA – TODO TIPO DE PROJETO, DECORAÇÕES

GRÁTIS! UM VALIOSO CADERNO DE ARTE

PEÇA HOJE MESMO e receba totalmente grátis um exemplar de "Segredos Simples dos Macetes de Arte do Ofício". Mande $ 1.98, mais $ 0.25 para postagem e manuseio. Você não se arrependerá. Preencha e envie pelo correio o cupom para pronta-entrega.

ENVIE PELO CORREIO O CUPOM DE TESTE GRATUITO POR DEZ DIAS!

POR FAVOR, ENVIEM-ME O QUANTO ANTES meu espetacular REPRODUTOR DE ARTE MÁGICO. Eu anexo $ 1.98, mais $ 0.25 para postagem e manuseio.

NOME..
ENDEREÇO..
CIDADE.........................ESTADO...........CEP.........

PODE SER OUVIDO A 8 QUILÔMETROS

CANHÕES AUTÊNTICOS!

ESTES CANHÕES podem ser ouvidos a 8 KM de DISTÂNCIA! Maquetes reais de armamento original do Exército. Dispara bolinhas de carboneto inofensivas. Soa como um estouro de dinamite. É seguro e inócuo. Nada de fósforos, nem pólvora. Provoque centenas de ESTRONDOS. Crie uma GRANDE EXPLOSÃO com seu próprio CANHÃO BARULHENTO.

apenas $ 4.95 mais $ 0.50 de postagem & manuseio

UMA GRANDE EXPLOSÃO SAI DESTE PERFEITO CANHÃO TIPO CULATRA!

Carregador de CULATRA de 22cm. Duas rodas de trator maciças. Armazenagem de munição na parte de trás do suporte.

apenas $ 9.95 mais $ 0.75 de postagem & manuseio

ESTE MODELO É TOTALMENTE AUTOMÁTICO E FAZ UM BELO ESTRONDO!

TIPO CAIXÃO com 42,5cm. Acabamento em verde oliva. Rodas raiadas metálicas vermelhas. Equipado com carregador e detonador automático.

apenas $ 14.95 mais $ 0.90 de postagem & manuseio

É ISSO AÍ! UM CANHÃO TRATOR ENORME com 62,5cm para "MANDAR TUDO PELOS ARES!"

COM 62,5cm tipo 155mm. Estrondo arrasador extra forte. Oito rodas de trator maciças. Elevador hidráulico simulado. Carregador automático de munição.

BALÕES GIGANTES 1,5m

PILOTOS DA FORÇA AÉREA AMERICANA lembram bem destes balões enormes. São os mesmos usados para estudos Climáticos na Força Aérea. Agora você pode ter o moderno e original BALÃO MONSTRO. Material especial excedente da Força Aérea. Feito em Borracha de Neopreno resistente para durabilidade. Parece um Disco Voador quando infla. Decore-o com pinturas de monstros ou outras criaturas. Tem muitas utilidades: para a sua rua, casa, quintal, clube, eventos religiosos, paradas etc. Apenas $ 1.20, mais $ 0.30 para postagem e manuseio.

MECANISMO SOLAR DE MOVIMENTO PERPÉTUO
FUNCIONA COM ENERGIA DA LUZ!

EIS AQUI um misterioso instrumento, com bandeirolas no seu interior que podem girar para sempre. Completamente sozinhas. Sem eletricidade, sem motor, sem pilhas. Funciona da mesma forma que a energia do sol produz as marés do oceano. Você só precisa de luz de qualquer fonte para fazer as bandeirolas girarem. Quanto mais brilhante a luz, mais rápido o movimento. É um dispositivo científico fascinante. Apenas $ 1.75, mais $ 0.25 de postagem e manuseio.

Veja o MILAGRE do NASCIMENTO Diante Dos Seus Próprios Olhos

CRIE embriões do ovo ao pintinho! Você pode fazer isso com a incrível INCUBADORA MILAGROSA. Uma avícola em miniatura. O conjunto inclui lâmpada, suporte do ovo, termômetro e instruções completas. 15cm de altura e 18cm de largura. Mantém calor apropriado, umidade para chocar pintinhos, patos, faisões, codornas etc. É fascinante e educativo. Apenas $ 2.98, mais $ 0.25 de postagem e manuseio.

VOCÊ JÁ PODE TER SUA PRÓPRIA IMPRESSORA

NÃO SERIA BACANA imprimir cartões postais, notícias do clube, anúncios etc – NA SUA PRÓPRIA IMPRESSORA?! Agora você já pode fazer isso com a incrível ROTARY PRINTING PRESS. É um instrumento de precisão; completo com letras e números grandes e pequenos; tinta, rolos, papel, formas de tipografia etc. Divirta-se e lucre, também, com sua própria impressora. Comece a imprimir minutos depois de abrir a embalagem. Inclui instruções simples. Mande $ 4.95, mais $ 0.25 para postagem e manuseio.

É MESMO UM FOGUETE!!! Dispara EM DIREÇÃO AO CÉU!

ESPETACULAR KIT DE FOGUETE pela bagatela de $ 1.00. É tudo o que você precisa para lançá-lo às alturas sobre as árvores e os prédios. Simula um autêntico Projeto de Foguetes Espaciais. Produtos químicos seguros o lançam velozmente aos céus em minutos. O kit inclui placas de reator e instruções completas para uma viagem espacial infalível. Para a emoção de sua vida... uma DECOLAGEM DE FOGUETE genuína... peça hoje mesmo. Apenas $ 1.00, mais $ 0.25 para postagem e manuseio.

"MIRA ESPIÃ" SECRETA!

SÓ VOCÊ SABE QUE É UMA COMBINAÇÃO DE TELESCÓPIO E MICROSCÓPIO!

AS PESSOAS VÃO PENSAR que você tem apenas uma caneta-tinteiro no seu bolso. Mas trata-se realmente de uma "MIRA ESPIÃ" Secreta... a incrível miniatura de TELESCÓPIO e MICROSCÓPIO. Veja objetos à distância bem de perto, simplesmente segurando-a próxima ao seu olho e focalizando. Então, vire-a de cabeça para baixo e use-a como um microscópio. Veja veias nas folhas, espécimes, insetos, praticamente qualquer coisa. A MIRA-ESPIÃ tem dupla utilidade para você pelo módico preço de $ 1.98, mais $ 0.25 para postagem e manuseio.

ISTO É GUERRA!

Retratada com a maior dose de emoção e realismo possível pelos mesmos talentos fantásticos que fazem a CREEPY para você, nesta inédita e eletrizante série em quadrinhos!

BLAZING COMBAT

MINICÂMERA ESPIÃ

CABE NA PALMA DA MÃO – MAS TIRA DEZ FOTOS COM 1 ROLO DE FILME!

Essa minúscula CÂMERA ESPIÃ só tem 5cm de comprimento, mas tira fotografias nítidas e limpas, com 5,5cm x 5,5cm, que podem ser ampliadas para o tamanho de uma foto instantânea. A câmera tem lentes de foco fixo e obturador com duas velocidades. Utiliza filme de baixo custo (10 fotos por rolo). Inclui estojo de couro e 6 rolos de filme para 60 fotografias! Câmera, estojo e filme – tudo por apenas $ 2.00, mais $ 0.25 de postagem e manuseio.

CONJUNTO DE EXÉRCITO COM 150 PEÇAS

- 2 EXÉRCITOS COMPLETOS COM 75 HOMENS CADA!
- INTEIRAMENTE MONTADO E PRONTO PARA USAR!

150 miniaturas realistas de soldados, em 2 exércitos de 75 homens cada. Agora todos os meninos podem virar seu próprio General. Posicione-os para manobras, batalhas, retiradas etc. Use-os para jogos de guerra, decoração, educação etc. Você irá adorar cada minuto com estes "homens sob seu comando". Apenas $ 1.25, mais $ 0.25 para postagem e manuseio.

Capa de **CREEPY** # 10, publicada originalmente em Agosto de 1966.

Nº 10

PUBLISHER: James Warren

ASSISTENTE DO PUBLISHER: Richard Conway **EDITOR ORIGINAL:** Archie Goodwin **CAPA:** Frank Frazetta
ARTISTAS: Eugene Colan, Reed Crandall, Steve Ditko, Frank Frazetta, Rocco Mastroserio, Gray Morrow, Joe Orlando, John Severin, Jay Taycee, Angelo Torres, Alex Toth, Al Williamson, Wallace Wood

ÍNDICE

CONHECIMENTOS TORPES
BRUXARIAS BIZARRAS DESCRITAS PELO FENOMENAL MODERADOR, TITIO CREEPY..................240

O CÉREBRO CONFIANTE
UM MÉDICO DE UMA PEQUENA CIDADE DIAGNOSTICA UM CASO DE HORROR..................241

A TUMBA MALDITA
A VIOLÊNCIA ACOMPANHA A VIOLAÇÃO DA CÂMARA FÚNEBRE DE UM FARAÓ..................247

O FÃ-CLUBE DA CREEPY
DESTACANDO VIBRANTEMENTE ESTE MÊS: O GRANDE REED CRANDALL..................256

MONSTRO
CAÇADO E PERSEGUIDO, UM SER MEDONHO FICA COMPLETAMENTE ENFURECIDO..................258

EXCURSÃO NOTURNA
EMBARQUE NUM PASSEIO APAVORANTE COM UM VAMPIRO AO LEME..................267

UM TIRO PELA CULATRA
UM PISTOLEIRO DUELA COM O SOBRENATURAL..........273

A COISA DA ESCURIDÃO
SOB A PRÓSPERA METRÓPOLE ESCONDE-SE UM MAL REPULSIVO E RASTEJANTE..................279

ITEM DE COLECIONADOR!
DESCUBRA O TERRÍVEL SEGREDO POR TRÁS DO LIVRO PROIBIDO DO MARQUÊS LEMODE..................287

239

QUE BRUXA É QUE BRUXA? DESCUBRA POR SI MESMO, FIEL DEMONÍACO, ENQUANTO HABILMENTE DISSECAMOS O TEMA BRUXARIA COM OS...

CONHECIMENTOS TORPES DA CREEPY!

AS RAÍZES DA BRUXARIA REMONTAM À PRÉ-HISTÓRIA QUANDO RITUAIS TRIBAIS FRENÉTICOS ERAM CONDUZIDOS ANTES DA TEMPORADA DE CAÇA, E FEITICEIRAS EVOCAVAM OS PODERES DA LUA CHEIA PARA AJUDAR OS CAÇADORES.

DIZIA-SE QUE AS BRUXAS USAVAM ANIMAIS PARA REALIZAR SEUS FEITIÇOS E CONJURAÇÕES, PARTICULARMENTE GATOS. NOS JULGAMENTOS DE SALEM EM 1692, SUSANNA MARTIN FOI ACUSADA DE SE **TRANSFORMAR** EM UM GATO PRETO PARA ATACAR UMA TESTEMUNHA CONTRA ELA!

A SOCIEDADE FRANCESA FICOU ESCANDALIZADA QUANDO FRANÇOISE DE MONTESPAN DECLAROU TER OBTIDO SEUS PODERES E FAVORES NA CORTE DE LUIS QUATORZE CONVIVENDO COM A CÉLEBRE BRUXA, CATHERINE LA VOISIN, E PARTICIPANDO DE RITUAIS SOMBRIOS QUE INCLUÍAM SACRIFÍCIO HUMANO!

NO FINAL DE 1957, ÍNDIOS NA ILHA ADMIRALTY AO LARGO DA COSTA DO ALASKA FORAM LEVADOS POR UMA JOVEM BRUXA PARANORMAL A CONDUZIR RITUAIS MÁGICOS QUE INCLUÍAM UMA CERIMÔNIA DE SACRIFÍCIO ENVOLVENDO A CREMAÇÃO DE CÃES E GATOS!

Arte de JOHN SEVERIN

PRÓLOGO: A CRENÇA NA RESSURREIÇÃO LITERAL DO CORPO LEVOU OS ANTIGOS EGÍPCIOS ÀS TÉCNICAS METICULOSAS DE MUMIFICAÇÃO E PRECAUÇÕES ELABORADAS PARA PRESERVAR A INVIOLABILIDADE DA TUMBA...

ENQUANTO O CORPO REPOUSAVA, O **KA**, OU ESPÍRITO DA VIDA, PERAMBULAVA PELAS TREVAS À PROCURA DO TRIBUNAL DOS MORTOS PARA SER JULGADO POR **OSÍRIS**, QUE CONCEDIA O DIREITO DE SER RESTAURADO À VIDA...

MAS ALGUNS **KAS** ERAM SENTENCIADOS A VAGAR POR **ESTE** MUNDO, RECEBENDO PERMISSÃO PARA CONDUZIR O CORPO PRESERVADO E SAIR EM MISSÕES DE DESTRUIÇÃO E... HORROR!

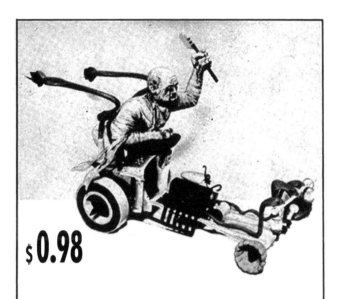

$ **0.98**

CARRUAGEM DA MÚMIA

ELES NUNCA DESENTERRARAM nada parecido! Você gostaria de ver uma temível múmia dirigindo a carruagem incrementada mais alucinante de todos os tempos? Você mesmo pode montar a sua e se divertir à beça. A ensanguentada MÚMIA fica sentada na parte de trás, impelindo uma tempestade de velocidade e fúria. Atrás da criatura existem dois escapamentos elevados soltando "chamas" explosivas autênticas. Rodas grandes na traseira e rodas bizarras na parte da frente fazem a engenhoca dar uma arrancada maravilhosa de morrer. O velho Kharis nunca teve algo tão bom na vida, mas VOCÊ terá assim que pedir a sua CARRUAGEM DA MÚMIA. Apenas $ 0.98, mais $ 0.27 para postagem e manuseio.

CHARANGA DO FRANKENSTEIN

OLHA SÓ ISTO! FRANKENSTEIN em pessoa dirigindo sua charanga maluca! Fumaça de algodão sai da engenhoca colorida. Escapamentos transados soltam uma "chama" escarlate. Caveiras temerosas decoram as rodas. Frankenstein pilota com uma mão monstruosa... a outra brinca com seu ioiô "olho" especial. Ponha a charanga para rodar... veja Frankenstein pondo o pé na estrada. Você pode ter um modelo completo por apenas $ 0.98, mais $ 0.27 para postagem e manuseio.

$ **0.98**

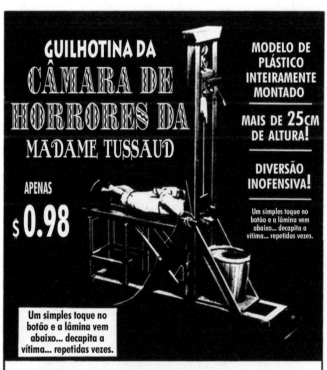

A Vítima Perde Sua Cabeça! Funciona de Verdade!

UMA CABEÇA VAI ROLAR minutos depois que você montar este modelo macabro. É tudo pura brincadeira, e você será o juiz, o júri e o executor. Um modelo maravilhoso para decapitações no estilo faça-você-mesmo. E o mais incrível de tudo... a cabeça sobe de novo, e zip... você repete a operação. Apenas $ 0.98, mais $ 0.25 para postagem e manuseio.

QUEM MAIS QUER UM MACACO VIVO?

GAIOLA GRATUITA! GUIA E COLEIRA DE GRAÇA!

VOCÊ pode ser o menino mais feliz do quarteirão com seu próprio FILHOTE VIVO DE MACACO-ESQUILO! Divirta-se à valer. Treine seu macaco para fazer truques, ir até você para comer, ter carinho e brincar. Esses macacos encantadores crescem até quase aos 30cm de altura e sua cor é dourada. Esguio, pelo curto. Cada macaco tem um rosto em forma de coração, olhos cativantes e sua cauda pode chegar aos 35cm de comprimento.

Não é difícil tratar e alimentar seu macaco. Ele come alface, cenouras, frutas, quase tudo que você come. Amoroso e adorável, seu bichinho de estimação vira praticamente um "membro da família" logo depois de chegar à sua residência. Vista-o com roupinhas bonitinhas usadas em shows; você e seu macaco podem ser amigos do peito. ENTREGA GARANTIDA DO ANIMAL VIVO! Mande $ 19.95 em cheque ou ordem de pagamento. Pague ao entregador uma pequena tarifa de entrega rápida pelo envio seguro da encomenda.

BALÕES GIGANTES 1,5m

INFLA ATÉ VIRAR UMA BOLA GIGANTESCA DE 1,5m DE DIÂMETRO

PILOTOS DA FORÇA AÉREA AMERICANA lembram bem destes balões enormes. São os mesmos usados para estudos Climáticos na Força Aérea. Agora você pode ter o moderno e original BALÃO MONSTRO. Material especial excedente da Força Aérea. Feito em Borracha de Neopreno resistente para durabilidade. Parece um Disco Voador quando infla. Decore-o com pinturas de monstros ou outras criaturas. Tem muitas utilidades: para a sua rua, casa, quintal, clube, eventos religiosos, paradas etc. Apenas $ 1.20, mais $ 0.30 para postagem e manuseio.

O FÃ-CLUBE DA CREEPY!

NOTA DO EDITOR: não atualizamos as informações biográficas para manter o conteúdo nostálgico do material.

Arrepie-se mais de perto, caro fanático, enquanto o bom e velho **TITIO CREEPY** o leva a mais um **ENCONTRO REPULSIVO** da nossa estrepitante sociedade. Encolha-se dentro de seu caixão (tome cuidado para não amarrotar sua capa) e vamos em frente com os **TRABALHOS LATEJANTES**...

Como é nosso pavoroso costume, vamos lá com outro perfil pegajoso da carreira de um dos nossos **SATÂNICOS DESENHISTAS**. Este mês apresentamos um homem que é um grande favorito dos fãs, muito celebrado entre vocês, célebres leitores... O cavalheiro genial posando pacientemente abaixo é **REED CRANDALL**, cujo traço fino e elegante definitivamente tem deleitado vocês, pestinhas, uma edição após a outra.

Reed nasceu em uma fazenda perto de Winslow, Indiana, no dia 22 de Fevereiro de 1917. O fato de ter nascido no aniversário de Washington felizmente não o levou a seguir uma carreira como lenhador de cerejeiras. Em vez disso, passou a se interessar em fazer esboços dos animais ao redor da fazenda. As suas habilidades se aprimoraram tanto que, durante o ginásio, ele ganhou uma bolsa de estudos para a Cleveland School of Art, a qual frequentou por 4 anos antes de conseguir um trabalho na NEA (Newspaper Enterprise Association), em Cleveland, fazendo ilustrações para suplementos dominicais e uma historieta semanal.

Depois de um ano, Reed foi para Nova York e trabalhou com Jerry Iger e Will Eisner. Ele não parou de fazer histórias em quadrinhos desde então! De 1940 a 1952, Reed trabalhou para boa parte dos principais nomes do negócio, incluindo Simon e Kirby, e Biro e Wood, mas o grosso do seu trabalho foi feito para a Quality Comics onde ele ilustrou muitos de seus personagens, incluindo O Raio, Flamejante, Pequeno Polegar e Falcão Negro.

Da Quality, Reed foi para a popular Entertaining Comics (EC), cuja equipe incluía alguns dos profissionais mais importantes da área, muitos dos quais aparecem agora nas páginas da CREEPY, EERIE e BLAZING COMBAT. Entre 1953 e 1955, Reed fez muitos trabalhos ótimos para a EC, aparecendo regularmente em quase todas as suas revistas em quadrinhos, englobando guerra, terror, crime e ficção científica.

Com o cancelamento da linha de quadrinhos da EC (menos a MAD), Reed voltou à vida de freelancer com trabalhos aparecendo em muitas das revistas em quadrinhos de guerra, faroeste e fantasia da Marvel, além da arte feita em Classics Illustrated, trabalhando com Al Williamson e George Evans. Por vários anos, Reed colaborou com a revista TREASURE CHEST, uma publicação distribuída em escolas católicas.

Os fãs de Edgar Rice Burroughs conheceram o trabalho de Reed através das belas ilustrações que ele fez para as séries em capa dura de Tarzan e John Carter da editora Canaveral Press. Desde a CREEPY # 1, Reed tem aparecido regularmente em todas as revistas da Warren para a contínua satisfação tanto da equipe quanto dos leitores. Além do seu trabalho na Warren, Reed tem aparecido em várias revistas da linha de quadrinhos da Gold Key e, também, em THUNDER AGENTS.

Combinada com o fantástico talento para desenho e o domínio da técnica de representação de Reed, está a rara habilidade de pegar qualquer elemento ou ambiente e lhes transmitir uma absoluta sensação de realismo e autenticidade. Isto, mais o fato de que ele é um dos homens mais geniais e humildes da área, lhe rendeu um grande respeito por parte dos seus colegas artistas, além de um circulo crescente de leitores-admiradores. Quando perguntado sobre suas ambições, Reed respondeu: "Viver em uma torre de marfim e tentar aprender a desenhar e pintar, e, também, procurar prazer intenso e prolongado indefinidamente!" Nós temos a impressão de que o desenho e a pintura já estão bem avançados. Portanto, é certo que a torre de marfim e o prazer prolongado não devem estar muito atrás... E, na nossa opinião, não poderia acontecer coisa melhor a um sujeito tão bacana!

Da vida e época dos **CRIADORES ARREPIANTES**, arrastamos nossas carcaças contorcidas em meio à agitação e lama provocadas por você, **FÃ DIABÓLICO**! Para abrir mais espaço para as oferendas sobrenaturais do material descomunal enviado pelos **SEGUIDORES DESVAIRADOS** como você, este mês incluímos mais uma página vibrante! Começando com os espantosos apontamentos desta edição, temos uma imagem espectral do talento estarrecedor do estudante de arte do ensino médio, Frank Brunner, fã # 44 do Brooklyn, Nova York! Parece que o personagem do Frank é um osso duro de roer...

Agora, vamos à **FÁBULA TENEBROSA** concebida por outro leitor fanático pelo nosso gênero perverso de acontecimentos medonhos... Arnold Bojorquez, fã # 285 de San Jose, Califórnia, nos faz encarar...

O VEREDITO DO DESTINO
de Arnold Bojorquez

Eu irei morrer hoje, e aceito esta certeza de bom grado. Já se passaram seis anos aguardando a execução nesta "prisão" imunda e infestada de vermes. Lembro-me nitidamente do julgamento. O recinto todo estava um breu, exceto pelo pequeno brilho de uma vela em cima da mesa do juiz. Um clarão de luz tão fraco que iluminava apenas três queixos, deixando as reentrâncias de seus rostos escuras, não muito diferente das características de uma máscara da morte. Eles falavam asperamente, acusando-me de estar envolvido em crimes hediondos. No começo, neguei as acusações veementemente, mas quanto mais eu me cansava de protestar, mais eles suspeitavam da minha culpa. Conforme ia me cansando, eu protestava com menos insistência. O veredito foi o que já se esperava... Culpado!

Com o veredito dado e a sentença anunciada, agora só me resta aguardar meu destino. Minhas acomodações se limitam a um pequeno cubículo não iluminado com uma mesinha sobre a qual estão minhas anotações e cartas. Em um dos lados da minha cela há um catre. Ele não tem colchão ou qualquer tipo de coberta. O outro lado é uma parede vazia que, por estranho que pareça, é úmida. Não consigo entender o motivo disso, pois tem chovido pouco nesses últimos meses e é inconcebível que possa haver vazamentos no prédio. A única iluminação que me permite escrever essas anotações é a luz do Sol que entra pela janelinha solitária da cela.

Desde o amanhecer do dia, em cuja luz caminha o Anjo da Morte, tenho esperado os últimos horrores que meu ser mortal ainda deve suportar. Depois de hoje não caberá mais à humanidade decidir se eu sou culpado ou não dos crimes pelos quais fui condenado.

Eu estou escrevendo nesse bloco de notas desde hoje cedo, mas agora tenho de encerrá-lo para a hora final. Bem que eu gostaria de poder me despedir deste mundo com perdão no meu coração, mas descobri que não consigo. Eu estou engasgado com um ódio amargo pelo grande erro judiciário que irá me enviar para o túmulo antes da hora. Logo eles virão me buscar. Portanto, é melhor encerrar, mas juro que a minha morte será vingada. Mesmo que eu sofra nas implacáveis chamas do Inferno por causa disso, minha maldição será levada a cabo. Agora assino estas anotações para que eu não parta deste mundo anonimamente... Jonathan Sayer. Trecho do jornal Bedford Daily News:

"Bedford, Inglaterra... Hoje, depois da execução de Jonathan Sayer, ocorreu uma tragédia. Momentos após a morte de Sayer, os Juízes Martin Vanler, Reginald Tenludge e Peter Helsing – exatamente os três juízes que presidiram o julgamento de Sayer –, tiveram mortes violentas quando a cela onde Sayer ficou preso desabou completamente sobre suas cabeças. Os juízes tinham entrado na cela para recolher os objetos pessoais de Sayer quando uma das paredes e o teto subitamente vieram abaixo devido à umidade excessiva da argamassa dos tijolos. A fonte dessa umidade é desconhecida. Quando o corpo do Juiz Helsing foi retirado do local, sua mão segurava um pedaço de papel no qual parecia haver algo escrito. No entanto, as únicas palavras legíveis eram 'a minha morte será vingada.'"

Para mais um punhado de CRIAÇÕES MALIGNAS dos nossos membros maníacos, destacamos o trabalho bizarramente espantoso à esquerda. O fã vampirado ED LAHMANN, fã # 606, de Indianápolis, Indiana, arrastou-se para fora do seu santuário sinistro por tempo suficiente para elaborar sua versão dos nossos populares CONHECIMENTOS TORPES, um duelo aterrador de roteiro apavorante e arte arrepiante. Vocês com certeza acharão a escolha de tema dele diabolicamente inspirada... E, para encerrar nossas duas páginas de devaneios fantásticos, apresentamos um instigante esboço do macabro ilustrado convulsivamente por Nicholas Cuti, fã # 856, de Valley Stream, Nova York. O nefasto Nick mostra a sua insólita interpretação de um vampiro que talvez seja capaz de virar a sua cabeça!

257

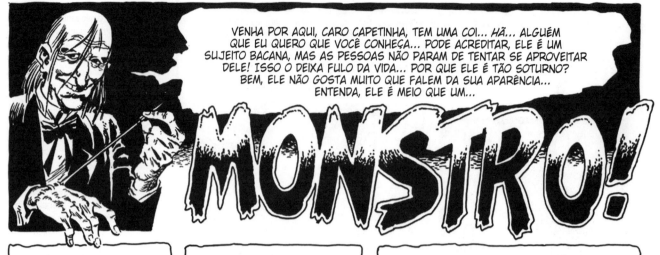

Fácil e silenciosamente, suas mãos deslocam a grande tampa de ferro... Agora, em meio à bruma do anoitecer, você vê a vila, deserta e quieta... Em algum lugar à distância, um cão late para a lua nascente...

Onde estão os aldeões? Por que tudo está tão silencioso? No fundo do seu enorme corpo musculoso, você sente uma coisa... Não é apenas a bruma que paira sobre esta vila... Você sente que cada casa escurecida é dominada pelo... MEDO!

Você se vira e caminha sobre as pedras do calçamento, com passadas pesadas ecoando e ricocheteando nas fachadas protegidas dos prédios... Você não sabe para onde vai, mas cada passo é forte e determinado...

...conduzindo-o pelas ruas sinuosas até os limites da vila... A cada passo, você lentamente se dá conta de que já fez isso antes... Você sabe que as perguntas na sua mente podem ser respondidas aqui!

E aqui entre os mortos, você encontra os vivos...

NÃO PODEMOS FAZER MAIS NADA, EVA... A NOITE NÃO É SEGURA! JÁ DEVÍAMOS TER IDO EMBORA HÁ MUITO TEMPO...

Você resiste ao impulso de esmagar e matar à primeira vista... quase contra sua vontade, você o deixa viver, confia na sua palavra...

ISSO MESMO... ÓTIMO! VOCÊ TEM DE FICAR AÍ EMBAIXO ATÉ EU VOLTAR PARA BUSCÁ-LO... ENTENDEU?

É a visão chocante daquele rosto espiando do alto, enquanto a tampa de ferro se fecha... franzino, consternado, vagamente mau... que começa a trazê-lo de volta ao presente...

EU SOU O ÚNICO QUE PODE AJUDÁ-LO... VOCÊ DEVE SE LEMBRAR... ENTENDER!

A garota está soluçando histericamente agora... por causa da SUA obra... o homem que VOCÊ matou...

As palavras penetram como uma lâmina em sua mente, retorcendo e revirando até a verdade vir à tona... a verdade da sua criação!

Ele criou você e o usou... como seu instrumento particular de morte... você MATOU por ele... obedeceu suas ordens... tornou-se o seu MONSTRO... MONSTRO...

COMO TAL MONSTRUOSIDADE PODE EXISTIR? UM BRUTO IRRACIONAL DE CARNE MORTA REANIMADA? COMO ELE PODE ESTAR VIVO E O MEU PAUL, MORTO? DIGA-ME, NOEL... QUEM PODERIA SER RESPONSÁVEL POR TAL C-CRIATURA?

E-ESTÁ FUNCIONANDO... VOCÊ ESTÁ SE MEXENDO... VOCÊ VIVE... EU CONSEGUI... CONSEGUI!

TIRE O CORPO DELE DAQUI! ESCONDA-O NO CEMITÉRIO... DEPRESSA!

...A ÚLTIMA MORADA PARA O MONSTRO E O MESTRE!

DESENHE QUALQUER PESSOA EM UM MINUTO!

SEM TALENTO!
SEM LIÇÕES!

Você Pode Desenhar Sua Família, Amigos, Qualquer Coisa Da VIDA REAL – Como Um Artista... Mesmo Sem SABER FAZER Uma Linha Reta!

Também É Excelente Para Todos Os Tipos de Desenhos!

- FIGURAS HUMANAS
- CENÁRIOS EXTERNOS
- NATUREZA MORTA
- CÓPIA DE FOTOS, OUTROS DESENHOS DE REVISTAS EM QUADRINHOS, MAPAS, PLANTAS
- CÓPIA DE PROJETOS
- BICHOS DE ESTIMAÇÃO
- CARTÕES COMEMORATIVOS
- E MUITOS OUTROS USOS

REDUZ e AMPLIA DESENHOS

"REPRODUTOR DE ARTE MÁGICO"

Sim, todos podem desenhar, esboçar ou pintar qualquer coisa agora... na primeira vez que você usar o "Reprodutor de Arte Mágico" como um artista profissional – por mais inútil que você se considere! Você pode criar um desenho original perfeito que todo mundo vai pensar que foi feito por um artista. Utilize-o sobre qualquer escrivaninha, mesa, placa etc – em ambientes internos ou externos! Divirta-se! Fique famoso! Todos vão querer que você faça um desenho deles. Depois de um curto período, você pode acabar descobrindo que sabe desenhar bem sem o "Reprodutor de Arte Mágico", porque você revelou um "dom" e um sentimento inerentes aos artistas – o que pode resultar em uma carreira artística bem remunerada.

Envie o cupom pelo correio hoje mesmo. Mande apenas $ 1.98 com o pedido, mais $ 0.25 para postagem. SE O TESTE DE 10 DIAS NÃO FOR SATISFATÓRIO, O DINHEIRO SERÁ REEMBOLSADO.

apenas $1.98 mais $ 0.25 para postagem

GRÁTIS! UM VALIOSO CADERNO DE ARTE GRATUITO REVELA OS MACETES DOS ARTISTAS

PEÇA HOJE MESMO e receba totalmente grátis um exemplar de "Segredos Simples dos Macetes de Arte do Ofício". Mande $ 1.98, mais $ 0.25 para postagem e manuseio. Você não se arrependerá. Preencha e envie pelo correio o cupom para pronta-entrega.

ENVIE PELO CORREIO O CUPOM DE TESTE GRATUITO POR DEZ DIAS!

POR FAVOR, ENVIEM-ME O QUANTO ANTES meu espetacular REPRODUTOR DE ARTE MÁGICO. Eu anexo $ 1.98, mais $ 0.25 para postagem e manuseio.

NOME...

ENDEREÇO..

CIDADE...ESTADO............CEP..............

FICA ESCONDIDO NA PALMA DA SUA MÃO!

O MENOR RÁDIO DE BOLSO DO MUNDO
do tamanho de uma caixa de fósforo - 7,5cm por 5cm

Agora em uma pechincha incrível – o famoso microrrádio miniatura – com só 7,5cm por 5cm – e pesando menos de 60 gramas! Mesmo assim difunde transmissões musicais encantadoras, programas esportivos, novelas dramáticas, comédias, notícias nacionais e locais. Pode não receber todas as estações da faixa da transmissão, mas esta minúscula engenhoca funciona por anos sem válvulas ou pilhas... sem cabo para tomada... sem componentes internos que nunca se desgastam ou queimam! Funciona sem parar quando um rádio bem mais caro pifa por causa de válvulas defeituosas, pilhas gastas ou falta de energia. Como isto acontece?

UTILIZA A ENERGIA DA ESTAÇÃO DE RÁDIO

Na verdade, capta as estações com um minúsculo DIODO DE GERMÂNIO que é menor do que uma moeda de dez centavos! Utiliza a energia da própria estação de rádio! Possui fone de ouvido interno. Você pode ouvir até na cama sem perturbar os outros. Enviado completo – totalmente cabeado e montado. Nós também incluímos um grampo de aterramento e instruções muito simples. Luxuoso estojo em tons vívidos. Não é preciso comprar mais nada. Pronto para funcionar INSTANTANEAMENTE. Preço incrível pela bagatela de $ 1.98, mais $ 0.25 para postagem e manuseio.

apenas $1.98

"MIRA ESPIÃ" SECRETA!
ESPETACULAR!

Só Você Sabe Que É Uma Combinação De **TELESCÓPIO e MICROSCÓPIO!**

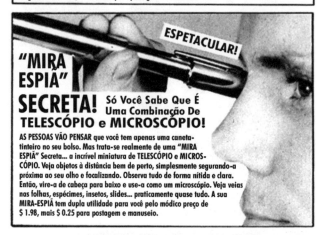

AS PESSOAS VÃO PENSAR que você tem apenas uma caneta-tinteiro no seu bolso. Mas trata-se realmente de uma "MIRA ESPIÃ" Secreta... a incrível miniatura de TELESCÓPIO e MICROSCÓPIO. Veja objetos à distância bem de perto, simplesmente segurando-a próxima ao seu olho e focalizando. Observa tudo de forma nítida e clara. Então, vire-a de cabeça para baixo e use-a como um microscópio. Veja veias nas folhas, espécimes, insetos, slides... praticamente quase tudo. A sua MIRA-ESPIÃ tem dupla utilidade para você pelo módico preço de $ 1.98, mais $ 0.25 para postagem e manuseio.

MINICÂMERA ESPIÃ

CABE NA PALMA DA MÃO — MAS TIRA DEZ FOTOS COM 1 ROLO DE FILME!

Essa minúscula CÂMERA ESPIÃ só tem 5cm de comprimento, mas tira fotografias nítidas e limpas, com 5,5cm x 5,5cm, que podem ser ampliadas para o tamanho de uma foto instantânea. A câmera tem lentes de foco fixo e obturador com duas velocidades. Utiliza filme de baixo custo (10 fotos por rolo). Inclui estojo de couro e 6 rolos de filme que proporcionarão a você 60 fotografias! Câmera, estojo e filme – tudo por apenas $ 2.00, mais $ 0.25 de postagem e manuseio.

VOCÊ JÁ PODE TER SUA PRÓPRIA IMPRESSORA

APENAS $4.95

- NÃO É DE BRIQUEDO! IMPRIME DE VERDADE!
- PRENSA, FONTE, PAPEL, TINTA EM CONJUNTO!
- IMPRIMA CARTÕES, CARTAZES, PÔSTERES ETC.

NÃO SERIA BACANA imprimir cartões postais, notícias do clube, anúncios etc – NA SUA PRÓPRIA IMPRESSORA?! Agora você já pode fazer isso com a incrível ROTARY PRINTING PRESS. É um instrumento de precisão; completo com letras e números grandes e pequenos; tinta, rolos, papel, formas de tipografia etc. Divirta-se e, quem sabe, também lucre com sua própria impressora. Comece a imprimir minutos depois de abrir a embalagem. Inclui instruções simples. Mande $ 4.95, mais $ 0.25 para postagem e manuseio.

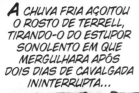

274

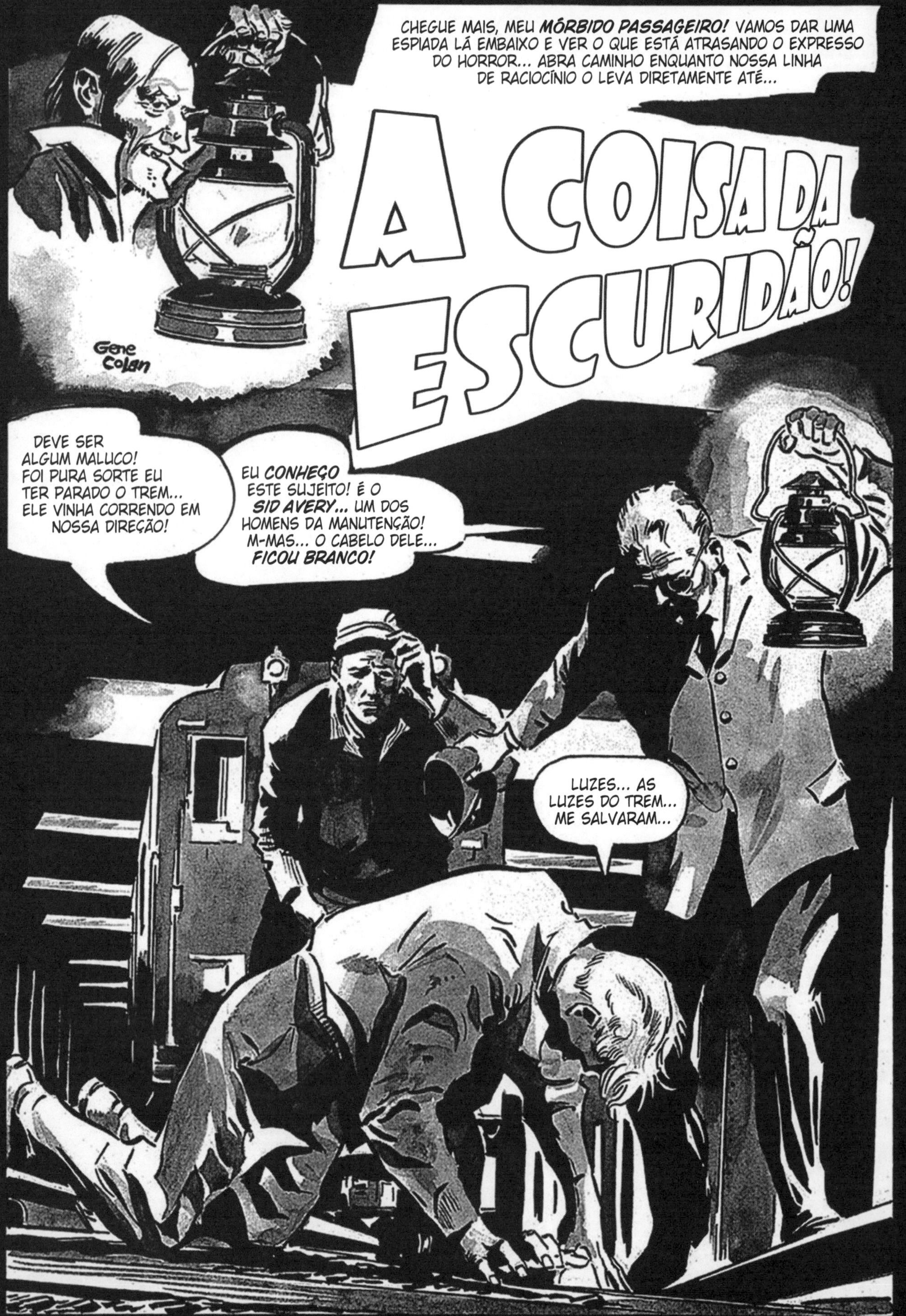

Roteiro de ARCHIE GOODWIN • Arte de EUGENE COLAN

"O MARQUÊS LANÇARA UMA SOMBRA EXTENSA E LÚGUBRE SOBRE O SÉCULO DEZOITO... FILÓSOFO BRILHANTE, POETA INSPIRADO, ARTISTA **INSUPERÁVEL**! ELE SE TORNOU O CENTRO DA RODA PROPULSORA DA SOCIEDADE VANGUARDISTA..."

"SUAS HABILIDADES SURGIRAM DE ORIGENS SINISTRAS E TODA SUA VIDA FOI DEDICADA A UMA BUSCA DOS FLAGELOS MAIS INDESCRITÍVEIS... UM CONHECIDO PARTICIPANTE EM RITUAIS SATÂNICOS, HOUVE ATÉ RUMORES DE **SACRIFÍCIO HUMANO**..."

"ENTÃO, AOS 29 ANOS, TODOS OS SEUS PROFUSOS TALENTOS E IMPULSOS CORRUPTOS MESCLARAM-SE EM UMA OBRA-PRIMA... LEMODE SE ISOLOU POR UM LONGO E TERRÍVEL MÊS, AVENTURANDO-SE NOS CAMPOS DA LOUCURA E MUITO ALÉM, E PRODUZIU SUA SOBERBA COMBINAÇÃO DE ILUSTRAÇÕES FANTASMAGÓRICAS E POESIA MACABRA, A SUPREMA OBRA DO OCULTO, AS SUAS INIGUALÁVEIS **VISÕES SOMBRIAS**!"

"EDIÇÕES LIMITADAS FORAM SECRETAMENTE IMPRESSAS, E DIFUNDIDAS AOS CALEJADOS E DECADENTES, E A UM PÚBLICO ESCANDALIZADO... ISSO RESULTOU NUMA INQUISIÇÃO, E TODAS AS ATIVIDADES MONSTRUOSAS DO MARQUÊS VIERAM À TONA!"

"SEU TÍTULO DE NOBREZA NÃO O SALVOU, EMBORA A EXECUÇÃO NA FOGUEIRA TENHA SIDO DESCARTADA EM FAVOR DA GUILHOTINA. ELE MORREU SEM EXPRESSAR ARREPENDIMENTO... TODAS AS CÓPIAS DO LIVRO FORAM CONFISCADAS E DESTRUÍDAS..."

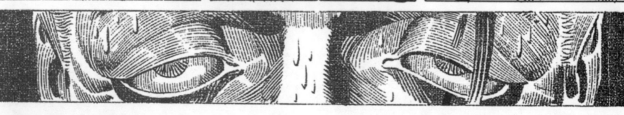

Não havia tempo para admiração ou apreciação... a obra-prima de Lemode precisava ser estudada com mais atenção, como convinha aos frutos da genialidade, por mais distorcida que fosse...

— NÃO AGUENTO MAIS ISSO! COLIN, ONDE VOCÊ ESTAVA? O QUE VOCÊ FEZ COM O DINHEIRO? COLIN!

O dinheiro, é claro... na minha pressa de sair, eu o deixara espalhado ao redor do cadáver inchado de Murch. Um descuido sem importância... com o "Visões Sombrias" debaixo do meu braço, o que poderia ser mais importante?

— UM LIVRO? A HERANÇA QUE MEU PAI ME DEIXOU ESTÁ SENDO DESPERDIÇADA COM PORCARIAS! AGORA CHEGA! VOCÊ OUVIU, COLIN? CHEGA! CHE...

— EU VOU PARA O ESTÚDIO, E NÃO QUERO SER PERTURBADO!

Agora, eu estou sozinho, com o livro na minha frente... aqui, no estúdio, rodeado pelos tomos e objetos que colecionei nos últimos anos, o volume proibido do Marquês tem, finalmente, o cenário ideal! Com dedos trêmulos, eu viro as páginas...

— A IMPRESSÃO... O PROJETO... É MAGISTRAL... PERFEITO!

Mais tarde haverá tempo para traduzir o texto delicadamente caligrafado, pois agora só consigo absorver o terror finamente forjado das ilustrações...

— BEARDSLEY... DORÉ... BOSCH... TODOS TINHAM O TALENTO, MAS NENHUM POSSUÍA A VISÃO DE LEMODE... NENHUM DELES!

Eis um homem que olhou além do túmulo, além dos recantos desconhecidos mais sombrios da mente e para o próprio inferno! Cada página é mais assustadora do que a anterior...

— O... O QUÊ? NÃO ACREDITO NISSO... PARECE QUE ELE PREVIU A PRÓPRIA M-MORTE...

Agora há uma crescente umidade em meus dedos, minha respiração fica mais acelerada e curta... eu viro as páginas mais rápido...

— I-IMPOSSÍVEL... O VESTUÁRIO E OS CENÁRIOS NESSAS ÚLTIMAS ILUSTRAÇÕES... ULTRAPASSAM A ÉPOCA DE LEMODE... E ATRAVESSAM OS ANOS... ELE NÃO PODERIA TER...

ADQUIRA SUA LEGÍTIMA
MÁSCARA DE VIGILANTE

Finalmente, você pode ter sua própria MÁSCARA de VIGILANTE à la Hollywood. A espetacular máscara é de lã pura, com forro de feltro bem confortável. Por conveniência, a abertura na boca se abre e fecha. A máscara é fixada por faixas elásticas e a gola de lã especial cobre os ombros. Use sua máscara para:

1) Fazer um filme, com você estrelando como o "Vingador Misterioso"!

2) Montar o clube do VIGILANTE FANTASMA com seus amigos!

3) Proteger seu rosto contra o tempo frio congelante! Peça agora mesmo a SUA própria e NOVÍSSIMA máscara. Apenas $ 1.00 cada, mais $ 0.25 de postagem e manuseio.

CAPTAIN CO., Depto. C-4 CP 6573

DECALQUES ARREPIANTES
CARTELA # 1

 O Monstrengo
 A Coisa
 O Diabo

Cabeça-Quente
Olha, Mãe! Sem Cáries!
MEMBRO Clube da Saúde

O Cérebro
O VAMPIRO
LEVE-ME AO SEU LÍDER!

Alma Penada

10 DECALQUES NESTA CARTELA POR APENAS $ 1.00

DECALQUES ARREPIANTES
CARTELA # 2

 PRÓXIMO
 Santa Lagartixa!
 MEU!

WM. SNAKESPEARE
Macacos Me Mordam!
Quer Dançar?

NÃO PERTURBE!
PLAYBOY
Vai Encarar?

 O Fantasma

10 DECALQUES NESTA CARTELA POR APENAS $ 1.00

TRATE DE INDICAR CARTELA # 1 ou CARTELA # 2

Mande para: CAPTAIN COMPANY, Depto. C-4 CP 6573

VEJA O MILAGRE do NASCIMENTO
DIANTE DOS SEUS PRÓPRIOS OLHOS

Veja todo o processo de incubação... do ovo ao pintinho... através da janela do domo de plástico dessa incubadora para dois ovos. Mantém o calor apropriado e a umidade para chocar pintinhos, patos, faisões, codornas etc. Inclui lâmpada, suporte do ovo, termômetro e manual de instruções. Tem 15cm de altura e 18cm de largura. A base vira uma chocadeira depois que o pintinho é incubado. Apenas $ 2.98, mais $ 0.50 de postagem.

CAPTAIN CO., Depto. C-4 CP 6573

MECANISMO DE MOVIMENTO PERPÉTUO SOLAR
SEM ELETRICIDADE! SEM BATERIAS!

Você só precisa de LUZ para operar esse MECANISMO DE ENERGIA ATÔMICA científico. Quanto mais brilhante a luz... mais rápido vai girar. Lembra uma lâmpada (feita com vidro de qualidade) com uma base pesada. Acomoda-se em qualquer lugar. 15cm de altura. Nenhuma parte sofre desgaste – não tem o que dar defeito. Qualquer tipo de luz vai acionar o mecanismo – até debaixo da água! Uma novidade realmente misteriosa e fascinante. Apenas $ 1.75, mais $ 0.25 de postagem & manuseio.

CAPTAIN CO., Depto. C-4 CP 6573

UM CONJUNTO COMPLETO DE CINCO
ANÉIS DE MONSTRO

ANÉIS DE MONSTRO em prata brilhantes com detalhes cintilantes camuflados que saltam e mudam de posição a cada movimento da mão! Você pode adquirir os CINCO ANÉIS DE MONSTRO (LOBISOMEM, FRANKENSTEIN, VAMPIRO, CAVEIRA & MÚMIA) por apenas $ 0.50, mais $ 0.25 de postagem e manuseio.

CAPTAIN CO., Depto. C-4 CP 6573

O MONSTRO DENTRO DA CAIXA!

Lá está a coisa – a MISTERIOSA CAIXA PRETA METÁLICA -, silenciosa, sinistra e à espera de algo. Você empurra o interruptor para "LIGA". Imediatamente ecoa um rangido potente e horrível quando a CAIXA começa a pular como se contivesse um MONSTRO escondido. Então, a tampa se levanta devagarzinho... e de dentro da CAIXA surge uma apavorante e sinistra MÃO VERDE. A MÃO VERDE pega o interruptor, coloca-o na posição "DESLIGA" e velozmente desaparece de novo no interior da CAIXA. A tampa se fecha – e tudo volta a ficar em silêncio! Uma vez visto, nunca mais se esquece. É o objeto mais assombroso e enlouquecedor que você já observou na vida!

Por apenas $ 4.95, mais $ 0.25 de postagem e manuseio.

CAPTAIN CO., DEPTO. C-4 CP 6573

POR FAVOR, NADA DE PAGAMENTO NO ATO DA ENTREGA. Escreva nome e endereço legíveis em todos os pedidos.

GALERIA DE CAPAS

A WARREN MAGAZINE 35¢
CREEPY
PDC
DEC.
NO. 6
MORE Pages!
MORE Stories!
MORE FEAR!

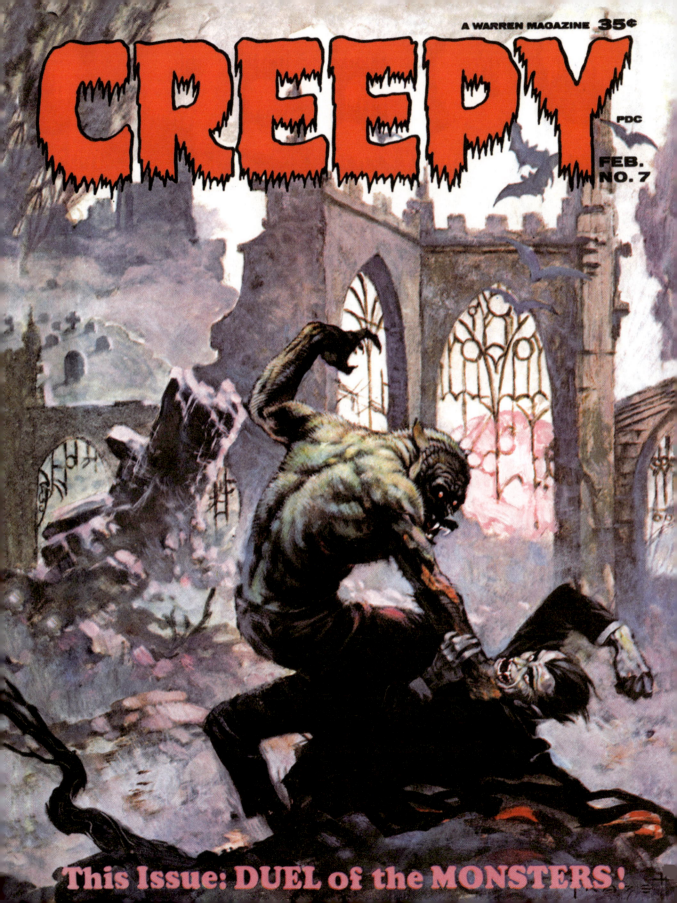

CREEPY 8

A WARREN MAGAZINE 35¢

APRIL NO. 8
PDC

Bonus Length Chiller:
The COFFIN of DRACULA!

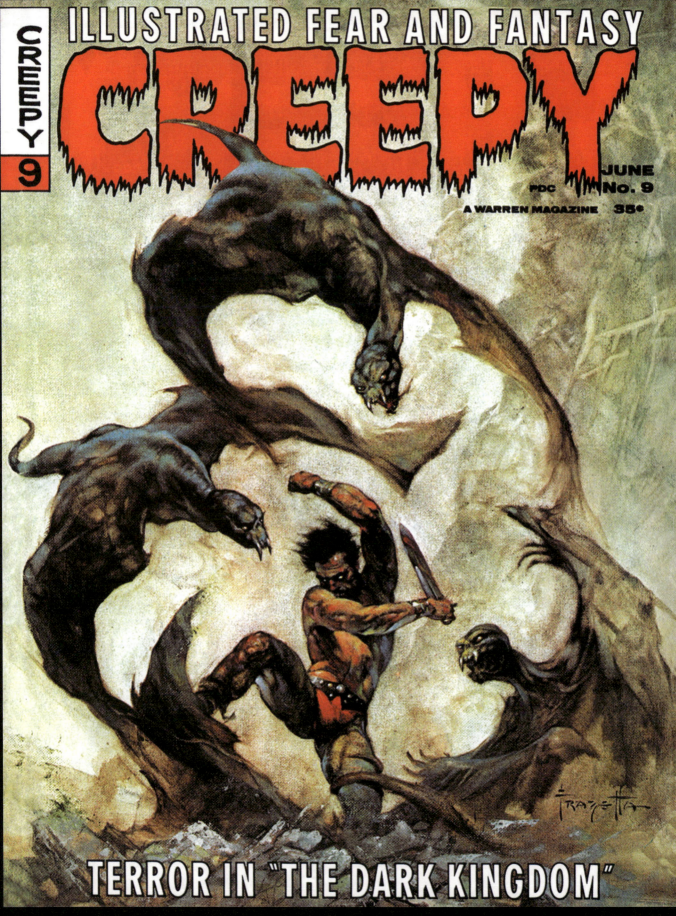

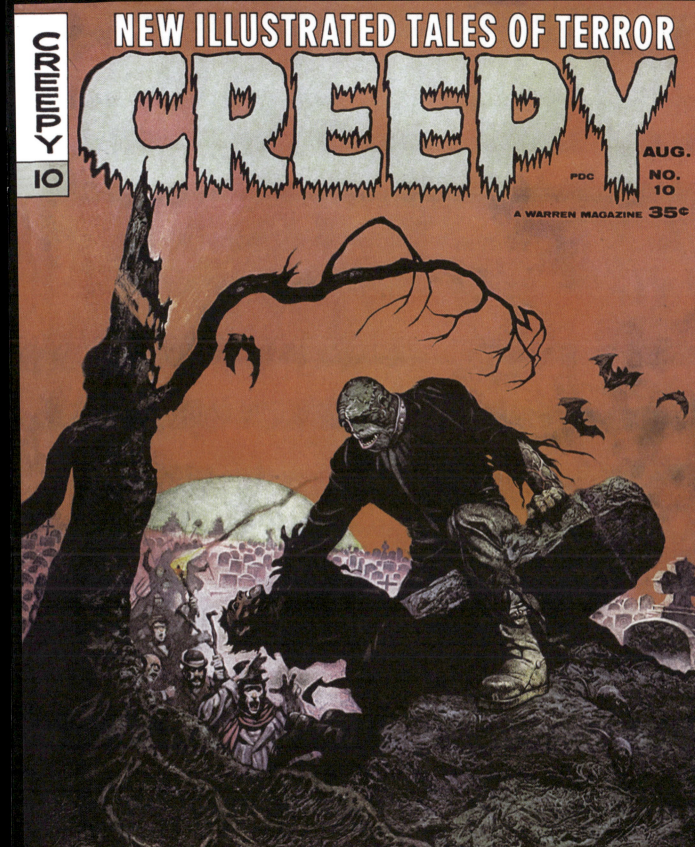